Mile Miskovic

Mafianest

Über den Autor:

Mile Miskovic ist erst im Rentenalter zum Schreiben gekommen. Von ihm sind bisher die Bücher

Tanz am Rand des Abgrunds

Mit dem Mut der Verzweiflung

Mafianest

erschienen.

Bei Mafianest handelt es sich um die Fortsetzung des Roman ‚Tanz am Rand des Abgrunds'

Impressum:

Titelfoto: Mile Miskovic

ISBN: 9781980200574
Imprint: Independently published

1.

Seit Marias und Toms Tod waren mehrere Jahre vergangen. Noch immer trauerte Maik um seine Eltern. Er konnte ihren Verlust nicht verwinden und tief in seinem Herzen wuchs der Hass auf alle, die für ihren Tod verantwortlich waren. Manchmal erschien ihm seine Kinder- und Jugendzeit wie ein ferner Traum. Was hätte er darum gegeben, diesen Traum wieder Realität werden zu lassen.

Maik hatte inzwischen geheiratet und einen Sohn bekommen. Er liebte seine Frau mit derselben tiefen Liebe, die auch sein Vater für die Mutter empfunden hatte, und er vergötterte seinen Sohn. Tim war sein Ein und Alles und er hoffte, dass ihm ein ruhigeres Leben beschieden war, als seine Eltern und er es hatten führen können, nachdem das Unglück über sie hereingebrochen war.

An diesem Sonntag saß er mit seiner Frau auf der Terrasse des Hauses, trank Kaffee und sah den Buben zu, die dreißig Meter entfernt auf dem Sportplatz Fußball spielten.

Plötzlich sprang er auf und starrte wie gebannt zu seinem Sohn.

„Was hast du?“, fragte seine Frau erstaunt. „Du schaust aus, als würdest du einen Geist sehen.“

Liebevoll strich er über ihre Wange. „Sieh nur, was unser Sohn macht, Mira! Tim versucht, genau wie mein Vater, eine Flasche vom oberen Torpfosten in der Ecke zu treffen.“

„Und er trifft die Flasche sogar beim ersten Schuss.“ Jetzt stand auch Mira auf.

Sie applaudierten so laut, dass Tim das Klatschen der Hände hörte. Er drehte sich strahlend um und rannte zu seinen Eltern. „Mama! Papa! Habt ihr das gesehen?“, schrie er schon von Weitem.

Maik fing ihn mit beiden Armen auf. „Natürlich haben wir es gesehen“, sagte er.

„Ich habe die Flasche beim ersten Schuss getroffen, genauso wie Großvater, von dem du mir so viel erzählt hast.“ Die Begeisterung über den Schuss stand in seinen Augen geschrieben.

„Wir sind mächtig stolz auf dich.“ Maik hob den Zwölfjährigen so leicht hoch, als sei er ein Schmetterling. Sein jahrelanges Training zahlte sich aus. Seine Arme waren so muskulös und hart, als wären sie aus Stahl.

Mira gab ihrem Sohn einen Kuss. „Was möchte unser Fußballheld denn heute zum Abendessen?“, fragte sie. „Soll ich dir einen Gemüseeintopf servieren?“

Timo sah sie entsetzt an. „Gemüse?“, fragte er lang gezogen.

„Sehr gesund für zukünftige Profifußballer“, scherzte Maik und stellte ihn zu Boden.

„Nicht für mich“, erklärte Tim. „Ich möchte Steak!“

„Sagte ich ja, ganz sein Großvater“, meinte Maik und legte den Arm um die Schultern seines Sohnes. „Keine Angst, Tim, Mama hat die Steaks schon aus der Gefriertruhe genommen.“

Erleichtert atmete Tim auf. Gemüse mochte er nicht besonders, obwohl seine Eltern darauf bestanden, dass er es aß. „Wie willst du gesund bleiben, wenn du kein Gemüse isst?“, fragte seine Mutter oft.

„Und glaub mir, Tim, so gern dein Großvater Fleisch gegessen hat, in seiner Kindheit wäre er froh gewesen, wenigstens ausreichend Gemüse auf dem Teller zu haben. „Du weißt ja, wie arm seine Eltern gewesen sind. Selbst trockenes Brot war für seine Familie eine Kostbarkeit.“

„Armer Großvater!“ Tim sah zu seinem Vater auf. „Erinnerst du dich? Du wolltest mir irgendwann mehr von meinem Großvater erzählen.“

„Ich sagte: wenn du ein bisschen größer und stärker bist, werde ich dir alles ganz genau erzählen.“

Tim sah ihn grimmig an und nahm Kampfhaltung an. „Ich bin jetzt schon groß und stark!“

Maik nahm dieselbe Haltung an. „Los komm!“, forderte er seinen Sohn auf und ballte die Fäuste. „Mal sehen, ob Du mich besiegen kannst.“

Sie begannen zu boxen.

Nachdem Tim mehrmals Maik Bauch getroffen hatte, begann dieser zu wanken und stürzte plötzlich hin. Er tat, als würde er vergeblich versuchen, wieder aufzustehen.

Tim lachte auf. „Schau Mama, ich habe gewonnen", prahlte er.

„Ich wusste, dass dir das eines Tages gelingen würde", erwiderte Mira und unterdrückte ein Lächeln. Ihr war klar, dass Maik absichtlich verloren hatte. Sie reichte ihrem Mann die Hand. „Komm, ich helfe dir auf, du müder Krieger."

Tim rannte auf die Terrasse, um nach seinen Freunden zu sehen. Sie spielten noch immer Fußball.

Maik schlich sich von hinten an, holte tief Luft und blies ihm in den Nacken. Als Tim erschrocken zusammenzuckte, begann sein Vater donnernd zu lachen. Der Junge fuhr herum, schlug ihm spielerisch gegen die Brust und rannte zu seinen Freunden zurück.

Maik sah ihm nach. Er dachte an seinen Vater. Auch Tom hatte sich oft von hinten an ihn herangeschlichen und ihm in den Nacken gepustet. In Gedanken seufzte er auf. Was hatte er für eine glückliche Kindheit gehabt! – Aus und vorbei! Er steckte die Hände in die Hosentaschen und ging in die Küche, wo sich seine Frau inzwischen um das Abendessen kümmerte.

Maik hatte es sich zur Gewohnheit gemacht, alle paar Wochen den ehemaligen Polizeichef des Ortes anzurufen, in dem sein Vater vor vielen Jahren ums Leben gekommen war. Beide waren gute Freunde gewesen, schon aus diesem Grund hielt Maik die Verbindung aufrecht. So rief er auch an diesem Abend in Bosnien an. Der ehemalige Polizeichef des Städtchens lebte inzwischen oberhalb des Steinbruchs, in dem Maiks Großvater früher geschuftet hatte.

„Bei uns hat sich viel geändert, Maik", berichtete Marco Zbaric. „Dein Vater würde den Ort nicht mehr wiedererkennen. Jedes Jahr kommen neue Häuser dazu. Eines größer und schöner als das andere. Und dann der Verkehr ...

Manchmal sehne ich mich wirklich in die Zeit meiner Kindheit zurück, als jeder noch jeden kannte und dein Vater mit seinen Freunden auf der Wiese bei der Brücke Fußball spielte."

Auf dieser Brücke war sein Vater ermordet worden! Maik holte tief Luft. Einige Tage später hatte er seinen Vater gerächt.

Als hätte Marco seine Gedanken erraten, sagte er: „Dario Sudar, der Vater von Toms Mörder, gibt auch nach all den Jahren keine Ruhe. Nach wie vor ist er davon überzeugt, dass sich sein Sohn nicht selbst auf der Brücke erhängt hat, sondern von jemanden hingerichtet wurde. Er sucht nach Zeugen, als würde es für all das, was geschehen ist, heute noch Zeugen geben."

Er lachte unfroh auf. „Im Übrigen ist inzwischen Milan Novak, der Polizist, der damals deinen toten Vater ausgelacht hat und den ich dafür mit meiner Pistole geschlagen habe, zum Polizeichef ernannt worden."

„Da hat man den Bock zum Gärtner gemacht", bemerkte Maik bitter. Er dachte daran, was man ihm vor Jahren, als er in Bosnien gewesen war, über den Tod seines Vaters erzählt hatte. Jungen auf dem Fußballplatz neben der Brücke, auf der sein Vater gestanden und seinen Erinnerungen nachgehangen hatte, hatten alles beobachtet.

Aus der Richtung der Busstation war ein schwarzer Wagen gekommen. Die Musik aus dem Wagen hatte die sonst so ruhige Gegend fast zum Beben gebracht. Der Wagen hatte unweit von Tom auf der Straße gehalten. Die Musik wurde ausgeschaltet. Zwei junge, sehr große Männer mit ungepflegten Bärten waren ausgestiegen. Einer streckte Tom eine Flasche Slibowitz entgegen.

Die Jungen auf dem Fußballplatz hatten aufgehört zu spielen und auf die Brücke gestarrt.

"He, Alter, trink mit uns Slibowitz!", hatte ihn der Mann mit der Flasche angeschrien.

"Danke, ich trinke keinen Alkohol", hatte Tom bestimmt und freundlich zugleich erwidert.

Der Mann drehte sich mit der Flasche in Richtung des Wagens. "Der Alte lehnt mein Angebot ab!", schrie er wütend. "Was machen wir mit ihm?"

Nenad Sudar, der Mann hinter dem Lenkrad, antwortete: "Vielleicht ist es ihm heute zu heiß, um Slibowitz zu trinken. Es ist besser, ihr verschafft ihm ein wenig Abkühlung, in dem ihr ihn von der Brücke schmeißt."

Der Mann mit der Flasche und dessen Freund wollten den Worten ihres Kumpans die Tat folgen lassen. Tom reagierte blitzschnell. Als ihn der eine ergreifen wollte, schlug er dem Mann, der die Flasche in der Hand hielt, mit mörderischer Gewalt in den Bauch. Während dieser sich noch krümmte, zog er ihn hoch und versetzte ihm einen harten Schlag unter das Kinn. Der Schlag war so stark, dass es den Mann ein paar Zentimeter vom Boden hob. Er schlug mit dem Rücken gegen die Brüstung der Brücke, die dieser Gewalt nicht standhalten konnte. Zusammen mit einem Teil der Brüstung stürzte er, noch immer die Flasche in der Hand, in den Fluss.

Der andere Mann stürzte auf Tom zu. Mit gewaltigem Gebrüll ging er auf seinen Angreifer los. Obwohl bedeutend jünger und stark gebaut, konnte sich dieser Toms nicht erwehren. Ein Trommelfeuer von Schlägen traf sein Gesicht, Kopf und Brust. Er schlug gegen die Brüstung, die sein Gewicht auch nicht aushalten konnte, und stürzte ebenfalls in den Fluss.

Tom hatte ins Wasser hinunter gestarrt, das sich bereits rot färbte. Die beiden Männer lagen nur ein paar Meter voneinander entfernt auf den spitzen Steinen, die aus dem flachen Wasser aufragten.

Die Jungen hatten den Knall einer großkalibrigen Pistole gehört. Sie sahen, wie Nenad Sudar durch das offene Fenster auf Tom zielte.

Als Tom auf den Wagen zurannte, wurde er mehrmals in die Brust getroffen.

Nenad warf die Pistole aus dem Fenster, gab Gas und fuhr mit quietschenden Reifen davon.

Tom starrte dem Wagen nach, dann brach er zusammen. Langsam färbte sein Blut den Boden, auf dem er lag, rot.

Tage später hatte man Nenad Sudar in aller Frühe erhängt am Brückenpfosten gefunden. Auf Rücken und Brust trug er mit Bändern befestigte Plakate: ‚Ich habe auf dieser Brücke hinterhältig und ohne Grund einen Mann erschossen und bin dennoch freigekommen. Ich kann mit dieser Ungerechtigkeit nicht länger leben. Nenad Sudar.'

„Dario Sudar wusste, dass Tom mein bester Freund war", riss ihn der ehemalige Polizeichef aus den Gedanken. „Neulich tauchte er mit drei jungen, starken Männern bei mir auf. Vermutlich wollte er mir Angst machen. Er wollte wissen, ob ich mehr über den Tod seines Sohnes wüsste, als ich damals zu Protokoll gegeben habe."

„Ich hoffe, du hast diesen Vorfall der Polizei gemeldet", sagte Maik.

„Warum sollte ich? Dieser Mann kann mir nichts anhaben. Ich habe ihm gesagt, dass ich in Rente bin, was er ja weiß, und der Polizeidienst für mich ein für alle Mal schon seit Jahren vorbei sei.“

„Und das hat er einfach so hingenommen?“, fragte Maik mit einem flauen Gefühl im Magen.

„Er hat mich mit finsterer Miene angesehen, sich umgedreht und ist mit den drei Kerlen verschwunden. Ich hörte, wie er etwas Unverständliches vor sich hinbrabbelte.“

Maik seufzte innerlich auf. „Du solltest vorsichtig sein, alter Freund“, sagte er. „Ich traue der Geschichte nicht.“

„Du solltest mal wieder nach Bosnien kommen, damit wir uns ausführlich miteinander unterhalten können.“

„Ich hatte sowieso vor, dieses Jahr mit meiner Familie in Bosnien Urlaub zu machen“, erwiderte Maik.

„Nein, nein, Maik“, wehrte Marco ab. „Es ist besser, du kommst ohne deine Familie. Du willst Mira und Tim bestimmt nicht in Gefahr bringen.

Auch für dich ist diese Reise nicht ohne Risiko. Du darfst Dario Sudar nicht unterschätzen. Durch seine frühere Arbeit als Richter hat er Verbindungen, die weit über die Grenzen Bosniens hinausgehen."

„Ich werde ohne meine Familie kommen", sagte Maik. „Das Leben meiner Familie ist mir zu kostbar, als dass ich es sinnlos aufs Spiel setzen würde. Aber ich muss unbedingt noch einmal den Ort sehen, an dem mein Vater gestorben ist und ich möchte das Grab meiner Großeltern besuchen. Ich bin es ihnen schuldig."

Der Sommer machte seinem Namen alle Ehre. Maik plante mit seiner Familie für drei Wochen nach Italien fahren. Vorher wollte er jedoch für einige Tage nach Bosnien fliegen. Das letzte Gespräch mit Marco Zbaric ging ihm nicht aus dem Sinn. Er fürchtete um das Leben seines Freundes, denn mit Dario Sudar war nicht zu spaßen. Obwohl seit dem Tod seines Sohnes fast fünfzehn Jahre vergangen waren, würde er nicht ruhen, bis er dessen Mörder gefunden hatte. Und dass sich Nenad Sudar nicht selbst das Leben genommen hatte, wusste Maik nur zu gut.

Wie jeden Samstag saß Maik am Vormittag in einem Café nahe seiner Wohnung und las Zeitung. Er wollte gerade zum Mittagessen nach Hause gehen, als sein Handy klingelte und sich René meldete, ein Freund der Familie, der vor vielen Jahren nach Amerika ausgewandert war.

„René kommt morgen!", rief er seiner Frau entgegen, kaum, dass er das Haus betreten hatte. „Ich soll ihn vom Flughafen abholen."

„Dann lerne ich ihn endlich auch einmal persönlich kennen", meinte Mira. Sie hatte schon so viel von René gehört und sie wusste, wie sehr er ihrem verstorbenen Schwiegervater und dessen Frau geholfen hatte. Maik hatte stets voller Bewunderung von ihm gesprochen. René musste inzwischen an die Fünfzig sein. Soweit sie wusste, hatte er nie geheiratet.

Am nächsten Vormittag fand sich Maik pünktlich am Flughafen ein. Ungeduldig wartete er auf die Ankunft der Maschine aus Amerika. Als sie endlich landete, suchte er vergeblich unter den Passagieren nach dem alten Freund.

Plötzlich kam ein großer, muskulöser Mann, dessen Gesicht halb von einer schwarzen Sonnenbrille verdeckt wurde, winkend auf ihn zu. Im selben Moment erkannte ihn Maik. Er winkte ebenfalls. Gleich darauf fielen sich die beiden Männer in die Arme. Es dauerte eine Weile, bis sie bemerkten, wie sie von einigen Frauen beobachtet wurden. Eine von ihnen zeigte unverhohlen ihr Interesse.

„Diese Blicke gelten dir, René", meinte Maik lachend. „Ich muss neidlos zugeben, dass du verdammt gut ausschaust. Das Leben in Amerika scheint dir zu bekommen."

„Du weißt, viele junge Frauen stehen auf Männer mit grauen Schläfen", meinte René leichthin. „Das hat nichts zu bedeuten."

René hatte für Tim viele Geschenke aus Amerika mitgebracht. Nachdem sich Tim bei ihm dafür bedankt hatte, rannte er auf den

Spielplatz, um mit seinen Freunden Fußball zu spielen.

Maik, Mira und René setzten sich auf die Terrasse und tranken miteinander Kaffee. Mira hatte zu Ehren des Freundes eine Schwarzwälder Kirschtorte gebacken. Nachdem René davon probiert hatte, meinte er: „So eine Torte würde ich auch gern in meinem Restaurant anbieten. Leider ist das nicht möglich. Die Bäcker, die ich kenne, bekommen so eine gute Torte nicht hin."

Mira errötete vor Freude über das Lob. „Erzähl uns von deinem Leben in Amerika", bat sie, um ihre Verlegenheit zu verbergen.

„Im Grunde gibt es da nicht viel zu erzählen", meinte der Freund. „Mein Restaurant läuft hervorragend. Zum Glück kann ich mich auf mein Personal verlassen. Allerdings zahle ich den Leuten auch einen überdurchschnittlichen Lohn und honoriere viele Leistungen extra. Ich kann also nicht klagen. Ich habe ein mehr als gutes Einkommen." Er nahm einen Schluck

Kaffee. „Und wie geht es euch? Ihr macht einen glücklichen Eindruck."

„Wir sind auch glücklich", antwortete Mira und drückte Maik Hand.

„Ja, auch wir haben keinen Grund zu klagen", bestätigte Maik. „Besonders Tim macht uns große Freude. Er ähnelt meinem Vater von Tag zu Tag mehr."

„Ich wünschte, er wäre noch bei uns", bemerkte René.

„Das wünschte ich auch." Maik dachte an sein letztes Gespräch mit Marco Zbaric. Er wollte René davon erzählen, allerdings nicht im Beisein Miras. So sprach er von dem Urlaub, den sie planten.

Am nächsten Vormittag nahm Maik den Freund in sein Stammcafé mit. Sie sprachen von alten Zeiten und sehr viel über Tom und dessen Karriere als Berufsspieler, die ihn durch halb Europa geführt hatte.

René erzählte, dass einer seiner Kellner wie Tom aus Bosnien stammte und er von ihm sogar etwas Kroatisch gelernt hatte. „Ich weiß zwar nicht, ob ich diese Sprache jemals brauchen werde, aber man kann ja nie wissen."

Maik wollte ihm gerade von seinem Gespräch mit Marco Zbaric berichten, als sie auf drei Männer aufmerksam wurden, die zwei Tische von ihnen entfernt saßen und unverhohlen zu ihnen hinüberstarrten.

Abrupt wandten sie die Gesichter ab und sprachen leise miteinander. Es sah aus, als würden sie eine Verschwörung planen, was natürlich nicht stimmte. Schließlich stand einer von ihnen auf und trat zu den beiden Freunden.

„Entschuldigung, kann ich Sie etwas fragen?", erkundigte er sich und starrte dabei René an.

„Warum nicht?", antwortete Maik. „Was gibt es denn?"

„Ist Ihr Name René?", wandte sich der Fremde direkt an René.

„Und warum wollen Sie das wissen?" René sah ihm hart in die Augen. „Ja, ich bin René."

„Danke!" Ohne ein weiteres Wort kehrte der Mann an seinen Tisch zurück, wo ihn die anderen schon gespannt erwarteten. Wieder steckten sie die Köpfe zusammen.

„Komm, wir gehen!" Maik stand auf.

„Ja, ich denke auch", pflichtete ihm René bei und folgte ihm nach draußen.

Nachdem die beiden Männer das Café verlassen hatten, stecken die anderen drei die Köpfe wieder zusammen. „Ich habe ihn erkannt", sagte der Mann, der René angesprochen hatte.

„Um was geht es eigentlich?", fragte einer der anderen beiden. „Mach nicht so ein Staatsgeheimnis daraus, Klaus!" Er schlug ihm spielerisch gegen die Schulter.

„Ihr habt ja gesehen, wie stark der Kerl ist", erwiderte Klaus. „Ich kann euch nur raten, einen großen Bogen um ihn zu machen. Dieser René ist brandgefährlich." Er nahm einen Schluck Kaffee. „Es ist über zehn Jahre her, da kam er eines Abends in eine Disco, holte eine Pistole aus der Jackentasche, bannte sich damit einen Weg zur Bar und schoss dort auf die Gläser. Die Leute waren wie erstarrt."

„Hat denn keiner die Polizei gerufen?"

„Jedenfalls war sie nicht rechtzeitig an Ort und Stelle." Klaus hob die Schultern. „Plötzlich ließ er von den Gläsern ab und begann auf den Besitzer der Bar einzuschlagen. Als die Kellner dem Mann zur Hilfe eilen wollten, schlug René auch noch auf sie ein. Jeder Schlag ein absoluter Treffer. Die Leute gingen, so weit sie sich nicht schon vor Angst hingeworfen hatten, zu Boden und standen nicht mehr von allein auf. Und dann, als sei nichts geschehen, marschierte er aus der Disco."

„Und woher weißt du das?", fragte einer seiner Freunde.

„Weil ich dabei gewesen bin. Ich war damals gerade mal achtzehn und wollte mit Freuden meinen Geburtstag nachfeiern."

„Ich nehme an, du hattest dich unter der Bar versteckt."

„Nein, dazu ging alles zu schnell. Ich lag auf dem Boden und rührte mich nicht." Klaus lachte. Die anderen stimmten in sein Lachen ein.

„Und woher kennst du den Namen dieses Kerls?"

„Die Geschichte ist durch die Zeitungen gegangen. Nur dank seines Anwalts ist es René gelungen, den Kopf aus der Schlinge zu ziehen. Man munkelte damals von Hintermännern, die einst einer mächtigen Organisation angehört hatten. Kurz darauf soll er nach Amerika gegangen sein."

„Dann frage ich mich, was er hier verloren hat", meinte einer der Männer nachdenklich. „Andererseits geht es uns nichts an."

„Genauso ist es", sagte Klaus. Er winkte den Kellner herbei, um die Rechnung zu begleichen.

Die Tage flogen nur so dahin. Sie vergingen mit Ausflügen, langen Gesprächen und Abenden auf der Terrasse. Nicht nur Maik bedauerte, als die Stunde des Abschieds nahte. Auch Mira und Tim tat es leid, als René in die USA zurückkehren musste.

Maik brachte den Freund zum Flughafen. Ein letztes Mal umarmten sie sich, bevor René durch die Passkontrolle ging. Maik blieb stehen, bis er René nicht mehr sehen konnte, dann kehrte er nachdenklich zu seinem Wagen zurück. Er hatte mit ihm auch über sein letztes Gespräch mit Marco Zbaric gesprochen. René hielt Maiks Plan nach Bosnien zu fahren und den Geburtsort seines Vater zu besuchen, für keinen guten Einfall. Einerseits konnte er den Freund verstehen, andererseits ahnte er, dass sich Maik damit unnötig in Gefahr brachte. Schließlich wusste Maik mehr über den Tod Nenad Sudars als sonst irgendjemand auf der Welt.

René nahm sich vor, Maik von Amerika aus noch einmal ins Gewissen zu reden. Er hoffte ihn davon zu überzeugen, auch in Zukunft um Bosnien einen großen Bogen zu machen. Es hatte noch nie etwas gebracht, schlafende Hunde zu wecken.

2.

Aber alles half nichts! Maik hatte genauso einen Dickkopf, wie sein verstorbener Vater, und wenn der sich einmal etwas in den Kopf gesetzt hatte, so hatte er es wider besseres Wissen auch durchgeführt.

Marco Zbaric staunte nicht schlecht, als Maik völlig unerwartet vor seinem Gartenzaun auftauchte. Fast wäre ihm die Hacke aus der Hand gefallen, mit der er ein Stück seines Gartens bearbeitet hatte. Fassungslos rieb er sich die Augen, bevor er die Hacke von sich warf, die Gartentür aufriss und Maik in die Arme schloss.

„Wie kann man nur so unvernünftig sein?", fragte er vorwurfsvoll, um gleich darauf dem Sohn eines toten Freundes zu versichern, wie sehr er sich freute, ihn zu sehen.

„Ich musste einfach kommen, Marco." Maik trat einen Schritt zurück. „Gut siehst du aus", sagte er zu dem ehemaligen Polizeichef.

„Das kann ich auch von dir behaupten." Marco Zbaric schob ihn in den Garten und schloss die Tür hinter ihm. „Wolltest du nicht mit deiner Familie in den Urlaub fahren?", erkundigte er sich, während sie ins Haus gingen. Er blieb abrupt stehen. „Bist du mit dem Bus oder deinem Wagen gekommen?"

„Mit dem Wagen", antwortete Maik. „Er steht unweit von hier. Schließlich wollte ich dich überraschen." Er wollte noch etwas hinzufügen, doch in diesem Moment schoss Marcos Schäferhund auf ihn zu und begrüßte ihn, als wären sie alte Freunde.

„Dann hol erst mal den Wagen", schlug Marco vor, nachdem er den Hund auf die Terrasse geschickt hatte. Er sagte Maik, wo er parken konnte.

Während Maik den Wagen holte, setzte Marco Kaffeewasser auf. So sehr er sich auch freute, den jungen Mann zu sehen, die Sorgen um seine Sicherheit überwogen.

Er hatte den Kaffee kaum in den Garten getragen und auf dem Tisch abgestellt, als Maik zurückkehrte. „Möchtest du etwas essen?", erkundigte er sich. „Ich habe heute Vormittag Steaks gekauft. Du kannst aber auch Lepinje mit Paprika und Schafskäse bekommen."

„Vorerst möchte ich nur mit dir Kaffee trinken", erwiderte Maik.

Die nächste halbe Stunde sprachen sie über ganz allgemeine Dinge. Maik zeigte dem ehemaligen Polizeichef Bilder von Mira und Tim. Einige zeigten Tim im Kreis seiner Freunde beim Fußballspielen. Marco bemerkte lachend: „Wie dein Vater, Maik. Ich kann mich noch gut daran erinnern."

Er lehnte sich zurück und blickte in die Ferne. Nach einem tiefen Seufzer sagte er: „Hier haben sich viele Dinge verändert, Maik. Es gibt hier vier Männer, die Zlatar-Brüder, die alles unter ihre Herrschaft gebracht haben. Sie sind durch Schutzgelder, Überfälle und Erpressungen sehr reich geworden. Die Organisation, die sie aufgebaut haben, reicht bis in die höchsten Spitzen unserer Gesellschaft. Zu ihren Kreisen zählen korrupte Staatsanwälte, Richter und Rechtsanwälte. Sie haben sie alle mehr oder weniger in der Hand. Es ist die reinste Mafia."

„Und woher weißt du das so sicher?"

„In den letzten Monaten vor meiner Pensionierung habe ich mit Rade, einem jungen Polizisten, zusammengearbeitet. Wir waren schon damals Freunde und sind es noch immer. Von ihm erfahre ich einiges, was ich sonst nicht wüsste. Ihm macht die Entwicklung hier genauso Sorgen wie mir.‟

„Und keiner kann etwas dagegen unternehmen?‟, fragte Maik.

Marco Zbaric schüttelte den Kopf. „Alle haben Angst, sich in dieser Sache auch nur zu rühren.‟ Er schenkte Kaffee nach, nahm einen Schluck und stellte die Tasse hart auf den Tisch zurück. „Die Organisation hat sich sogar mithilfe der obersten Stellen in den Besitz eines eigenen Gefängnisses gebracht. Es handelt sich um eine ehemalige Kaserne. Eines der Gebäude wird als Gericht genutzt. Dort sitzen vor allem junge, kräftige Männer ein. Die meisten sind wegen Kleinigkeiten eingesperrt worden, viele von ihnen unschuldig. Ihre Angehörigen haben vergeblich versucht, sie freizubekommen. Es ist ihnen nicht einmal mit sehr guten Anwälten von außerhalb gelungen. Wie es aussieht, haben all diese Männer keine Chance jemals die Freiheit zu erlangen, es sei denn, sie werden krank, alt und schwach."

Maik konnte kaum glauben, was er hörte. „Irgendjemand muss etwas dagegen tun können!", stieß er hervor.

Marco legte eine Hand auf die Schulter des Freundes. „Wie gesagt, die Macht der vier Brüder reicht weiter, als wir uns vorstellen können. Man könnte glauben, sie hätten ein Bündnis mit dem Teufel geschlossen." Er fuhr sich durch die Haare. „Den Brüdern gehört eine Fabrik. In ihr müssen die Gefangenen zwölf Stunden am Tag schuften. Außerdem haben die Zlatar-Brüder auch den Steinbruch gekauft, in dem einst dein Großvater gearbeitet hat. Auch dort und in der Landwirtschaft schuften die Gefangenen. Ihre Verpflegung soll katastrophal sein. Sie bekommen nur das Allernötigste an Essen und Kleidung. Es soll auch keine medizinische Versorgung geben. Wenn einer der Gefangenen schwer krank wird, wird er entweder einfach unversorgt sterben gelassen oder rausgeworfen, wie es bisher dreimal der Fall gewesen ist. Sie haben bis zu ihrem Tod kein Wort gesprochen."

„Es ist unglaublich!" Maik sprang auf. Erst jetzt wurde ihm völlig klar, wie gefährlich es für ihn in diesem Teil Bosnien werden konnte. Bisher hatte er die Gefahr nicht völlig ernst genommen. Wenn hier schon Männer wegen nichts und wider nichts ins Gefängnis kommen konnten, was war dann mit ihm … ?

Er atmete tief durch. „Trotz allem bin ich froh, dass wir uns noch einmal gesehen haben."

„Es war auch mein größter Wunsch", erwiderte Marco Zbaric. Er stand auf. „Komm, Maik, ich will dir etwas zeigen."

Maik folgte Marco in den gut ausgebauten Keller. Der frühere Polizeichef öffnete eine Metalltür, hinter der sich ein kleiner Raum befand. Der Blick des jungen Mannes fiel auf ein Maschinengewehr und eine große Metallkiste.

„Das Gewehr stammt noch aus dem 2. Weltkrieg", sagte Marco und strich sanft über den Lauf. Er öffnete die Kiste. Sie war bis zum Rand voller Munition.

„Sieht aus, als würdest du das Gewehr gut pflegen", meinte Maik bewundernd, denn es war in einem mehr als guten Zustand und sah wie frisch poliert aus. Er nahm das Gewehr mit einer Hand noch. „Es hat ein ziemliches Gewicht."

Marco Zbaric schlug ihm lachend auf die Schulter. „Für so einen kräftigen Mann, wie du es bist, dürfte das Gewehr kaum mehr als ein Spielzeug sein."

Maik stimmte in sein Lachen ein.

Am nächsten Morgen nach dem Frühstück machte sich Maik auf den Weg zum Friedhof, um die Gräber seiner Großeltern zu besuchen. Beide hatten es nicht leicht im Leben gehabt, dennoch waren sie unbeirrt ihren Weg gegangen und hatten es irgendwie geschafft, ihre Kinder durch die schlimmen Jahre des Hungers zu bekommen. Ihr Leben war erst einfacher geworden, als ihr Ältester, sein Vater, es geschafft hatte, sie schon in jungen Jahren mit Geld zu unterstützen.

Nach dem Besuch des Friedhofs ging Maik zu der Brücke, auf der sein Vater ermordet worden war. Wie auf dem Friedhof legte er auch hier Blumen nieder. Er lehnte sich an das Geländer, blickte auf den Fluss hinunter und dachte an seinen Vater, der so grundlos erschossen worden war. Plötzlich glaubte er, die Stimme seines Vaters zu hören. Irgendetwas berührte ihn an der Schulter, doch als er sich umdrehte, war niemand zu sehen.

An diesem Tag waren kaum Leute unterwegs. Ab und zu fuhr ein Wagen über die Brücke, manchmal hörte er durch die geöffneten Fenster der Autos Musik.

Eine alte, gebückt laufende Frau betrat die Brücke. Sie wirkte mit ihren fettigen grauen Haaren, der schmutzigen verlotterten Kleidung und den abgelaufenen Schuhen sehr ungepflegt. Aus ihrer Jackentasche ragte eine Flasche Slibowitz.

Etwa einen Meter von Maik entfernt blieb sie abrupt stehen und hob etwas den Kopf. Da ihr Mund offen stand, konnte er den einzigen Zahn sehen, der noch in ihrem Oberkiefer hing.

Maik war die Alte nicht ganz geheuer. Er warf ihr einen scharfen Blick zu. Von seiner Sekunde zur anderen, begann sie zu zittern. „Was ist denn?", fragte er unfreundlich und versuchte, den unangenehmen Gestank nach altem Schnaps zu ignorieren.

Die Alte kniff die Augen zusammen. Es sah aus, als wollte sie etwas sagen, stattdessen drehte sie sich abrupt um und kehrte so schnell, wie ihre Füße es zuließen, den Weg zurück, den sie gekommen war.

Maik hob die Schultern und wandte sich wieder dem Fluss zu.

„Das ist nicht gut, Maik", meinte Marco Zbaric, als der junge Mann ihm von der Begegnung auf der Brücke berichtete. „Die alte Hexe, ihr Name ist Lena, tritt als falsche Zeugin auf und schickt die Leute ins Gefängnis. Keiner in der Umgebung kann sie leiden, weil sie der Polizei von allem erzählt, was sie so hört oder sieht. Es gibt nichts, was sie nicht für Slibowitz tun würde."

„Scheint eine wirklich nette Zeitgenossin zu sein", bemerkte Maik ironisch.

„Es wäre besser gewesen, du währst ihr nicht auf der Brücke begegnet", meinte der ehemalige Polizeichef. „Daraus kann nichts Gutes erwachsen. So gern ich dich bei mir habe, du bist hier nicht sicher, Maik. Denk an deine Frau und deinen Sohn. Soll Tim ohne Vater aufwachsen?"

Maik holte tief Luft. Er sah ein, dass es ein Fehler gewesen war, nach Bosnien zu kommen. „Ich habe die Gräber meines Vaters und meiner Großeltern besucht, war auf der Brücke und dich, mein alter Freund, habe ich auch gesehen. So schwer es mir auch fällt, ich werde morgen nach Hause fahren. Sicher ist sicher!"

„Gott sei Dank, du bist vernünftig", meinte Marco Zbaric. „Dieser Hexe zu begegnen, ist kein gutes Zeichen."

In der Nacht fand Marco keinen Schlaf. Unruhig drehte er sich von einer Seite zur anderen. Die seltsame Begegnung mit der alten Frau ließ ihm keine Ruhe. Wenn er für Minuten in Schlaf fiel, so glaube er, sie höhnisch lachen zu hören. Feurige Augen starrten ihn spöttisch an, mit Krallenfingern wies sie auf ihn.

Schließlich hielt er es nicht länger im Bett aus. Er stand auf, zog sich etwas über und trat vor die Haustür. Der Mond stand hoch am Himmel, verzauberte die Umgebung in ein Reich aus Licht und Schatten. Doch Maik hatte dafür keinen Blick. Er spürte die tiefe Dunkelheit, die sich in den Herzen der Menschen hier ausbreitete, spürte die kommende Katastrophe und konnte nichts dagegen tun.

3.

Die alte Lena verlor keine Zeit. Kaum daheim angekommen, rief sie auf der Polizeistation an, um zu melden, dass sie den Mann gesehen hatte, der damals bei der Brücke gewesen war, als sich der Sohn des Richters angeblich selbst erhängt hatte. Sie hoffte auf eine Belohnung und seien es auch nur mehrere Flaschen Slibowitz. Außerdem konnte es in diesen Zeiten nichts schaden, bei der Polizei gut angesehen zu sein.

Noch am selben Abend kamen zwei Polizisten, um ihre Aussage aufzunehmen. Um ihr das Reden leichter zu machen, brachten sie gleich zwei Flaschen Slibowitz mit.

Auf Lena, die sich nicht einmal die Mühe gemacht hatte, ihre strohigen Haare zu kämmen, ging ein Trommelfeuer von Fragen nieder, dem sie kaum gewachsen war. Was hatte sie denn schon groß gesehen? – Einen stämmigen Mann, der nachdenklich auf der Brücke gestanden hatte und der nicht in diese Gegend gehörte... Vielleicht ähnelte er wirklich dem Fremden, den man damals bei der Brücke beobachtet hatte, andererseits waren über fünfzehn Jahre vergangen und da veränderte sich jeder Mensch.

„Also, Alte, wie sah dieser Kerl aus?", fragte einer der Polizisten und musterte sie scharf.

Lena griff nach dem Schnaps.

„Nichts da!" Ihr wurde grob die Flasche aus der Hand gerissen. „Dazu ist später noch Zeit!"

„Denk genau nach", forderte der andere. „Solltest du uns umsonst gerufen haben, dann..."

„Gut sah er aus", sagte Lena mit weinerlicher Stimme, während sie nach der Flasche spähte, die unerreichbar von ihr entfernt auf der Kommode stand.

„Uns interessiert nicht, ob er gut aussah!" Der Polizist, der ihr die Flasche weggenommen hatte, baute sich drohend vor ihr auf.

„Mario, auf die Alte ist Verlass, das weißt du", sagte er andere und wandte sich an Lena: „Welche Farbe haben seine Haare, seine Augen ... ist er groß, ist er klein? Jede Einzelheit zählt. Denk nach, Lena!"

Lena warf erneut einen verstohlenen Blick zur Flasche, hob die Schultern, seufzte tief auf und antwortete: „Er trug eine dunkle Mütze, von seinen Haaren hab ich kaum was gesehen und ich kann auch nicht sagen, ob er braune oder blaue Augen hatte, aber er ist sehr groß und stämmig und unter seinem karierten Hemd zeichneten sich seine Muskeln ab. Der Kerl kann einem wirklich Angst einjagen.“ Sie dachte an den scharfen Blick, mit dem er sie bedacht hatte. „Nachts möchte ich dem nicht begegnen.“ Sie kaute an ihrer Unterlippe. „Ach ja, er trug dunkle Jeans und Schuhe, die sehr teuer aussahen.“

Mario unterdrückte einen Seufzer. „So kommen wir doch nicht weiter, Damir.“

„Würdest du den Mann wiedererkennen, wenn du ihm gegenüberstehst?“, fragte Damir und sah sie eindringlich an.

„Keine Frage“, erklärte sie und straffte die Schultern. „So einen Kerl vergisst man nicht.“

„Gut, das reicht uns, Lena.“ Demir schob seinen Kollegen in Richtung Tür. „Jetzt kannst du den Slibowitz durch deine Kehle jagen. Lange genug hast du ja darauf gewartet.“ Lachend verließ er mit Mario das Haus.

„Fragt sich, ob die Alte wirklich mehr als nur einen Fremden auf der Brücke gesehen hat“, meinte Mario düster, als sie in den Polizeiwagen stiegen. „Wir hätten ihr mehr Dampf machen sollen."

„Lass nur, Mario, die alte Lena hat mehr drauf, als du denkst. Wetten, dass bis Ende der Woche der Kerl, den wir suchen, hinter Schloss und Riegel sitzt?"

„Die Wette gilt", erwiderte Mario und ließ den Motor an.

4.

Maik hatte bereits sein Gepäck im Wagen verladen. Er versuchte sich seine düsterten Ahnungen nicht anmerken zu lassen, was ihm allerdings nicht gelang. „Gibt es zur Stadt noch einen anderen Weg als den über die Brücke?", fragte er den ehemaligen Polizeichef.

„Leider nicht", antwortete Marco Zbaric. Auch er hatte die ganze Nacht wachgelegen. So sehr er sich über Maiks Besuch gefreut hatte, er wünschte sich, der junge Mann hätte auf ihn gehört und wäre nicht nach Bosnien gekommen.

Maik hupte noch einmal zum Gruß, dann fuhr er in Richtung Brücke davon. Im Rückspiegel sah er, wie ihm Marco nachwinkte.

An diesem Morgen hatte er keinen Blick für die wundervolle Landschaft, die ihn umgab. Er hoffte, die Gegend so schnell wie möglich verlassen zu können. Vielleicht wäre es besser gewesen, noch am Vortag abzureisen.

Und dann sah er die beiden Polizeiwagen auf der Brücke und den Polizisten, der vor der Brücke in der Mitte der Straße stand. Ein kalter Schauer rann über seinen Rücken. Flüchtig überlegte er, ob es irgendeine Ausweichmöglichkeit gab, doch die gab es nicht. Ihm blieb nichts anderes übrig, als weiterzufahren.

Der Polizist gab das Zeichen zum Anhalten. Maik kam der Aufforderung nach. Er kurbelte das Wagenfenster hinunter und reichte ihm seine Papiere.

„Aussteigen", befahl der Polizist barsch, nachdem er die Papiere an sich genommen hatte.

Maik kam der Aufforderung nach. Er bemühte sich, die Ruhe zu bewahren, obwohl in ihm ein heftiger Orkan tobte. Wie dumm war er gewesen! Er hatte sich selbst die Schlinge um den Hals gelegt.

Jetzt öffnete sich die Tür des zweiten Polizeifahrzeuges. Die alte Lena stieg aus. Ein Polizist ergriff ihren Arm und führte sie zu Maik. Direkt vor ihm blieben sie stehen.

„Ist das der Mann, den du gestern auf der Brücke gesehen hast, Alte?", fragte der Polizist, der Maik die Papiere abgenommen hatte.

Lena starrte Maik an, der sie mit einem kalten Blick musterte. Unwillkürlich trat sie einen Schritt zurück.

„Wir haben nicht ewig Zeit, Alte!", herrschte sie der Polizist an. „Ist das der Mann? - Auf was wartest du?"

Lena schluckte. Sie holte tief Luft und bemühte sich, an Maik vorbeizusehen. „Ja, ja, das ist der Mann, den ich gestern auf der Brücke gesehen habe", sagte sie bemüht, ihrer Stimme einen festen Klang zu geben. Sie wies zu den

Blumen, die Maik am Vortag am Brückengeländer niedergelegt hatte. „Die Blumen sind von ihm.“ Sie wurde mutiger. „Fragt man sich da nicht, weshalb er Blumen auf die Brücke legt?“

Der Polizist griff blitzschnell nach Maiks rechtem Arm und wollte ihn ihm auf den Rücken drehen, aber der Versuch misslang. Auch der zweite Polizist hatte kein Glück, als er ihm den anderen Arm auf den Rücken drehen wollte. Maik schüttelte beide ab, als würde es sich um Ungeziefer handeln.

Die alte Lena brachte sich in Sicherheit, indem sie so schnell, als gelte es ihr Leben, zur anderen Seite der Brücke rannte.

Maik wusste, dass es keinen Sinn hatte, weiteren Widerstand zu leisten. Die Pistolen, die die vier Polizisten, die plötzlich aus den Polizeiwagen kamen, auf seinen Kopf richteten, sprachen eine deutliche Sprache. Er hob die Schultern und ließ sich Handschellen anlegen.

„Geht doch“, bemerkte der Polizist spöttisch, der die Handschellen schloss. Er stieß ihn in seinen Wagen.

Vergeblich versuchte Maik zu den beiden Männern, die sich rechts und links von ihm setzen, Abstand zu halten. Durch eines der Wagenfenster sah er die Leute, die sich auf der Brücke versammelten. Die alte Lena führte das große Wort. Jemand reichte ihr eine Flasche Slibowitz. Sie nahm einen großen Schluck.

Kurze Zeit, nachdem die Polizeifahrzeuge mit Blaulicht in Richtung Stadt abgefahren waren, kam auch Marco Zbaric auf die Brücke. Er entdeckte unter den Leuten sofort die alte Lena, die noch immer die Flasche Slibowitz in der Hand hielt. Rücksichtslos drängte er sich durch die Menge zu ihr und baute sich drohend vor ihr auf.

Sie griff nun auch mit der anderen Hand nach der Flasche und umklammerte sie so fest, dass ihre Knöchel weiß hervortraten. „Was ... was wollen Sie von mir?“, fragte sie zitternd.

„Du weißt sicher am besten, was hier vorgefallen ist, alte Hexe!“, stieß er hervor und ballte die Fäuste.

Lena nahm ihren ganzen Mut zusammen. Sie sagte sich, dass sie den früheren Polizeichef nicht mehr fürchten musste. Andere hatten jetzt das Sagen und er würde sich hüten, ihr vor allen Leuten etwas anzutun. Entschlossen nahm sie einen kräftigen Schluck und lachte dann zynisch auf.

Marco stand kurz davor, die Beherrschung zu verlieren. „Los, heraus mit der Sprache!“, stieß er hervor.

Sie drehte sich abrupt um und ging zu ihrer Hütte, die nur ein paar Hundert Meter von der Brücke entfernt lag. Mit einem triumphierenden Lachen schloss sie die Tür hinter sich. Warum sollte sie den ehemaligen Polizeichef fürchten? Sie hatte mächtige Beschützer, die durchaus ihre Dienste zu schätzen wussten.

Marco Zbaric atmete innerlich mehrmals tief durch, bevor er zu seinem Haus zurückkehrte.

‚Warte nur ab, alte Hexe', sagte er in Gedanken zu sich. ‚Das wirst du mir teuer bezahlen.'

Der alte Polizeichef machte sich große Vorwürfe. Was für ein Teufel hatte ihn geritten, Maik nach Bosnien einzuladen? Immerhin wusste er nur zugut, was damals auf der Brücke geschehen war.

Er ahnte, was für ein Martyrium Maik vor sich hatte. Auch wenn es keine Beweise für seine Schuld gab, man würde bezahlte Zeugen aussagen lassen, ihn verurteilen und ihn in eines der schlimmsten Gefängnisse Bosniens werfen. Und das alles würde nur geschehen, weil er den Wunsch gehabt hatte, Maik noch einmal zu sehen!

Schweren Herzens rief er Mira an. Als sie hörte, was geschehen war, konnte sie nur noch weinen. Sie überlegte, ob sie nach Bosnien kommen sollte, um Maik beizustehen, aber Marco riet ihr davon ab. Es war viel zu gefährlich. Ausrichten würde sie ohnehin nichts. Außerdem musste sie an Tim denken. Er durfte nicht auch noch die Mutter verlieren.

„Ich werde alles tun, um Maik aus den Klauen dieser Verbrecher zu befreien", versprach er, auch wenn er wusste, wie gering die Chancen waren, Maik aus dem Gefängnis zu holen.

Gleich am nächsten Tag suchte der ehemalige Polizeichef verschiedene Anwälte auf. Sie sagten ihm, was er längst wusste. Es war fast unmöglich, einem Menschen, der in die Hände dieser Leute gefallen war, zu helfen. Jeder von ihnen hatte es schon vergeblich versucht. Was sollte man auch ausrichten, wenn Polizei und Staatsanwalt jenseits der Gesetze zusammenarbeiteten?

In den nächsten Nächten fand Marco keinen Schlaf. Unruhig wanderte er durch Haus und Garten, starrte immer wieder zu den Bergen hinauf, als könnte er von dort Hilfe erwarten. Seine Gedanken drehten sich im Kreis. Er entwickelte Hunderte von Plänen zu Maiks Befreiung und wusste gleichzeitig, dass jeder von ihnen nicht durchzuführen war. Aber er musste einen Weg finden, um dem Freund helfen!

5.

Das Schicksal hatte ein Einsehen! Nachdem man die alte Lena tagelang nicht mehr gesehen hatte, brachen zwei ihrer Nachbarn gewaltsam die Eingangstür zu ihrer Hütte auf, da sie vermuteten, dass sie vielleicht einen Unfall gehabt hatte und Hilfe brauchte.

Ihnen bot sich ein grotesker Anblick! Die alte Lena saß am Küchentisch mit zurückgelehntem Kopf. Aus ihrem Mund heraus ragte eine dicke Gurke. Auf dem Tisch lag ein umgekipptes Glas mit sauren Gurken, deren Saft auf den Boden tropfte. In ihren Augen stand unverhohlene Todesangst.

„Sie muss sich verschluckt haben", meinte einer der Nachbarn erschüttert. Er hatte zwar die Alte nicht leiden können, doch so einen Tod hatte er ihr nicht gewünscht.

„Und warum hat sie die Gurke nicht ausgespuckt?", fragte der andere. „Welcher

Mensch mit Verstand versucht, eine ganze Gurke hinunterzuschlucken?"

„Im Suff tut der Mensch manches." Der Mann hob die Schultern. „Sie ist tot. Daran ist nun nichts mehr zu ändern."

Auch die Polizei interessierte sich nicht weiter für den Tod der alten Lena. Sie war nur eine von vielen Informanten gewesen, die ihnen zur Verfügung standen und jederzeit bereit waren, für eine Flasche Slibowitz sogar ihre Angehörigen zu verraten.

Marco Zbaric hatte alle Lebensfreude verlassen. Nach wie vor gab er sich die Schuld an Maiks Verhaftung und er versuchte alles, ihn freizubekommen, doch er hatte kein Glück. Leute, die ihm hätten helfen können, hatten viel zu viel Angst, selbst in Schwierigkeiten zu geraten, wenn sie sich für den jungen Mann einsetzten.

Der Tod der alten Lena berührte Marco nicht, allerdings war er froh, dass sie nun nicht mehr gegen Maik aussagen konnte. Wenigstens darin hatte der Himmel ein Einsehen gehabt.

In einer schlaflosen Nacht kam ihm die Idee, die Familien aufzusuchen, deren Angehörige ebenfalls schuldlos oder wegen Kleinigkeiten ins Gefängnis geworfen worden waren. Vielleicht konnten sie gemeinsam etwas unternehmen, um das Leid der Gefangenen zu beenden.

6.

„Wann kommt der Papa endlich nach Hause?", fragte Tim. „Es sind nur noch zwei Tage, bis wir in den Urlaub fahren."

Mira hatte längst mit dieser Frage gerechnet. Sie wollte und konnte Tim nichts davon sagen, dass Maik in einem bosnischen Gefängnis saß und sein Schicksal mehr als ungewiss war.

„Das weiß ich nicht, Tim", antwortete sie. „Papa hat sehr viel zu tun. Es könnte sein, dass wir dieses Jahr nicht in den Urlaub fahren."

Tim sah sie ungläubig an. „Nicht in den Urlaub?"

Sie schluckte die Tränen hinunter, die in ihr aufstiegen. „Der Papa hat versprochen, dir ein richtig tolles Fahrrad zu kaufen, wenn es mit dem Urlaub nicht klappt", sagte sie.

„Ein neues Fahrrad ist schön, aber ich würde viel lieber mit euch in den Urlaub fahren", meinte Tim traurig. „Ich habe mich so darauf gefreut."

„Wenn der Papa zurück ist, werden wir alles nachholen", versprach seine Mutter und ging rasch in die Küche, weil sie es kaum noch ertragen konnte, ständig den Jungen anzulügen. Die Wahrheit konnte sie ihm andererseits auch nicht sagen. Und was war die Wahrheit? – Natürlich war Maik jetzt zu unrecht verhaftet worden, doch der Grund dafür lag weit in seiner Vergangenheit. Einer Vergangenheit, für die Tim noch zu jung war, um sie zu begreifen.

7.

Maik kam tatsächlich in das Gefängnis, von dem Marco Zbaric gesprochen hatte. Nachdem man ihn in eine unglaublich schmutzige Zelle gestoßen hatte, wurde die Eisentür hinter ihm zugestoßen. Er hörte, wie das Schloss einklinkte.

Niedergeschlagen setzte er sich auf die etwa zwei Meter lange und ein Meter breite Betonplatte, die als Bett diente. Eine dünne Matratze sollte vermutlich die Kälte des Betons abhalten. Es war eine Illusion! Ein Kissen gab es nicht, nur eine dicke Decke, die ebenfalls vor Schmutz starrte.

Der junge Mann atmete mehrmals tief durch, dann ließ er seinen Blick durch die winzige Zelle wandern, die kaum Platz für das Bett, einen Tisch ohne Stuhl, ein abgesplittertes Waschbecken, dessen Hahn tropfte, und eine rostige Toilette bot, die so ekelhaft stank, dass einem das Atmen schwerfiel. Zudem war es relativ dunkel, denn statt eines Fensters gab es nur ein kleines Loch in der Wand für Frischluft und die Glühbirne, die von der rissigen Decke hing, bot kaum Licht. Auch der Betonboden der Zelle hatte schon bessere Zeiten gesehen. Tiefe Risse und Löcher führten von einer Wand zur anderen.

In dieser Nacht fand Maik kaum Schlaf. Jedes Mal, wenn er die Augen schloss, sah er Mira und Tim vor sich. Es kostete fast seine ganze Kraft, nicht in Panik zu geraten. Wie ein Idiot war er in die Falle geraten, die man ihm gestellt hatte. Erneut fragte er sich, weshalb er nicht gleich nach der Begegnung mit der alten Lena Bosnien verlassen hatte. Wie hatte er nur so dumm sein können?

Die Betonplatte trug auch dazu bei, dass er nicht einschlafen konnte. Die dünne Matratze hielt die Kälte nicht ab. Trotz seines Ekels hüllte er sich in die Decke. Das fehlende Kopfkissen ersetzte er durch seinen Arm. Gegen Morgen schlief er endlich ein.

Keine zwei Stunden später rissen ihn die Sirenen aus dem Schlaf. Die Zeit reichte gerade, um sich Gesicht und Hände zu waschen, dann wurde auch schon seine Zellentür geöffnet und einer der Wärter wies ihn barsch an, sich in die Reihe der Gefangenen einzureihen, die zur Kantine marschierten.

Nach einem kargen Frühstück gab es für jeden eine Wurstkonserve, ein Pfund Brot und Wasser. Danach wurde ein Teil der Gefangenen zu den Feldern gefahren, die anderen mussten in den Steinbruch.

Maik gehörte zu den Leuten, die in den Steinbruch gebracht wurden. Es war derselbe Steinbruch, in dem schon sein Großvater geschuftet hatte, nur damals waren die Bedingungen besser gewesen. Die Gefangenen mussten bis zum Mittag ohne Pause arbeiteten. Das Wachpersonal setzte sich aus Wärtern und Polizisten zusammen. Sie trieben die Gefangenen mit Schlagstöcken an. Wer nicht schnell genug arbeitete, bekam den Schlagstock zu spüren.

Die abgeschlagenen Steine mussten in Metallkörben auf dem Rücken den steilen Abhang hinunter zum Lagerplatz getragen werden. Ein Weg von eineinhalb Kilometern, der jedem der Arbeiter endlos erschien.

In der halbstündigen Mittagspause setzte sich ein abgemagerter, etwa fünfzigjähriger Mann neben Maik. „Wie heißt du, Bruder?“, fragte er leise.

Maik zögerte einen Moment, bevor er ihm seinen Namen nannte.

„Ich heiße Drago“, sagte der andere und blickte ihm ins Gesicht. In seinen grauen Augen stand unendliches Leid. Seine Stimme klang, als hätte er Angst vor seinem eigenen Schatten. Er holte tief Luft. „Man sieht es mir nicht mehr an“, fuhr er fast lautlos fort. „Bevor ich hier eingekerkert wurde, war ich ein Bär von einem Mann. Ich glaubte, dass mich nichts umwerfen könnte ... Nun schau an, was für ein Wrack sie aus mir gemacht haben.“ Mit zitternden Fingern schob er sich die Haare zurück. „Wenn ich wenigstens etwas verbrochen hätte, aber ... Die meisten unserer Leidensgenossen sind zu unrecht hier eingesperrt.“

„Wie lange bist du schon hier?“

„Sechs Jahre, die sich anfühlen wie sechzig. Ich ...“ Er bemerkte, wie ein Mann vom Wachpersonal auf sie aufmerksam wurde und bewaffnet mit dem Schlagstock auf sie zukam.

„Das nächste Mal erzähle ich dir mehr.“ Drago griff nach seiner Flasche und nahm einen Schluck.

Der Mann vom Wachpersonal, sein Name war Adin, baute sich drohend vor ihnen auf. Sein schwarzer Schnauzbart wirkte speckig. Er legte die Spitze des Schlagstocks auf Maiks Kopf. „Du bist neu hier“, bemerkte er.

„Ja“, antwortete Maik und sah zu ihm auf.

„Steh auf, wenn du mit mir sprichst“, befahl der Mann.

Maik erhob sich.

Unwillkürlich trat der Polizist einen halben Schritt zurück, als er sah, was für ein muskulöser, starker Mann vor ihm stand. Er selbst war zwar auch ziemlich groß, aber gegenüber Maik wirkte er klein und fast schmächtig. „Sieht aus, als könntest du einen größeren Korb tragen. Das wirst du auch ab morgen tun.“

Maik verzichtete auf eine Antwort. Er ahnte, dass jedes falsche Wort ihn in noch größere Schwierigkeiten bringen würde. Trotzdem ballte er die Fäuste, als der Polizist sich umdrehte und ihm den Rücken zuwandte. Er spürte, wie die Wut ihn ihm Oberhand gewann.

Drago berührte eine seiner Fäuste. „Nein!", stieß er leise hervor.

Maik atmete mehrmals tief durch. Seine Wut zog sich zurück. Es hatte keinen Sinn, mit einem der Beamten eine Schlägerei anzufangen, schließlich hoffte er noch immer, wieder auf freien Fuß zu kommen.

Der schrille Ton mehrerer Trillerpfeifen beendete die Pause.

„Du musst vorsichtig sein, Maik. Jeder, der versucht hat, sich gegen die Ungerechtigkeit und die Willkür der Gefängniswärter zu wehren, ist über Nacht verschwunden. Du darfst nicht die Nerven verlieren."

Völlig erschöpft legte sich Maik am Abend nach einem kargen Abendessen auf die Betonplatte, die hier sein Bett sein sollte. Er wickelte sich in die Decke und versuchte, einzuschlafen. Kurz bevor er tatsächlich von der

Müdigkeit überwältigt wurde, schreckte ihn ein Zischen hoch. Er wusste, dass es in dieser Gegend giftige Schlangen gab, die durch kleine Löcher und sogar durch Risse in die Gebäude eindrangen.

Das Licht war längst gelöscht worden, doch durch einen Spalt in der Wand zum Gang drang etwas Helligkeit. Seine Nackenhaare sträubten sich, als er etwas Schwarzes durch einen der Risse im Boden kommen sah. Zischend bewegte sich die Schlange in seine Richtung.

Er umwickelte einen Teil seines rechten Arms mit der Decke, dann bewegte er sich nicht mehr. Erst als die Schlange sich direkt vor ihm befand, griff er blitzschnell nach ihrem Kopf und hielt ihn so fest, dass sie ihre Zähne nicht in sein Fleisch bohren konnte. Maik drückte mit aller Kraft zu. In ihrem Todeskampf schlang sich die Schlange um seinen Arm. Es nützte ihr nichts. Ihr Körper wurde schlaff und löste sich von seinem Arm. Mit aller Wucht warf er das Tier gegen die Wand.

Der junge Mann atmete mehrmals tief durch, bevor er ein Stück von der Decke abriss.

Nachdem er die Schlange in den Riss, aus dem sie gekommen war, gestopft hatte, verschloss er ihn mit dem Deckenfetzen. Mit dem Fuß stampfte er ihn fest.

An Schlaf war vorerst nicht mehr zu denken. Das Erlebnis mit der Schlange hatte ihn zu sehr aufgewühlt. Unruhig drehte er sich von einer Seite zur anderen. Wie in der vergangenen Nacht spürte er die Kälte, die durch die dünne Matratze drang. Es gelang ihm auch nicht, seine Gedanken in ruhige Bahnen zu lenken. Die Sorgen um die Zukunft quälten ihn. Erneut machte er sich Vorwürfe, sein Leben leichtsinnig aufs Spiel gesetzt zu haben. Wäre sein Vater besonnener gewesen? – Nein, vermutlich nicht! Wenn sein Vater sich etwas in den Kopf gesetzt hatte, so hatte er gegen alle Vernunft blind sein Ziel verfolgt.

Endlich fiel er in einen kurzen Schlaf, der jedoch alles andere als erholsam war. Er hatte einen Albtraum, in dem Schlangen über ihn herfielen. Ihre Bisse verwandelten seinen Körper in ein Flammenmeer.

Sirenen rissen ihn aus dem Traum. Dankbar, den Schlangen entkommen zu sein, richtete er sich auf und ging zum Waschbecken, um sein brennendes Gesicht mit Wasser zu kühlen. – Es gab kein Wasser! Nicht einen einzigen Tropfen!

Wieder ging es nach der Essensausgabe zum Steinbruch. Adin, der am Vortag ihn und Drago beim Essen gestört hatte, trat mit einem riesigen Korb auf Maik zu. Er betrachtete ihn mit einem spöttischen Lächeln. „Dieser Korb gehört ab heute dir", sagte der Polizist zufrieden und strich mit dem schweren Schlagstock über Maiks Kopf.

Maik verzichtete auf eine Antwort.

Der Polizist hob den Schlagstock. Sekundenlang sah es aus, als wollte er Maik schlagen, stattdessen ließ er den Stock auf den Korb sausen. „Zack, zack an die Arbeit", befahl er und wandte sich einem anderen der Gefangenen zu.

Maik hob den Korb hoch. Er war leer schon sehr schwer. Müde füllte er ihn mit den Steinen und machte sich auf den Weg zum Lagerplatz. Plötzlich tauchte der Polizist mit dem Schnauzer neben ihm auf und legte noch einen großen Stein in seinen Korb. „Damit es sich auch lohnt", meinte er mit einem zufriedenen Grinsen.

Wütend ging Maik einfach weiter. Setzte einen Fuß vor den anderen, folgte einfach den Häftlingen, die vor ihm gingen. Er musste aufpassen, auf dem engen, an einigen Stellen sehr steilen Weg nicht zu stürzen.

An einer Stelle, die von den Wärtern und Polizisten nicht eingesehen werden konnte, berührte erneut etwas seinen Korb. Maik drehte den Kopf. Drago lief hinter ihm und nahm einige Steine aus Maik Korb, um sie in seinen eigenen zu legen.

„Dreh dich nicht mehr um", warnte Drago.

Das Abladen der Steine wurde genau von den Wärtern überwacht. Streng achteten sie darauf, dass sich die erschöpften Männer nicht ausruhten, sondern sofort wieder zur Sammelstelle aufstiegen.

Maik nickte Drago trotzdem kurz zu und sagte leise: „Danke."

Auf dem Weg nach oben war seltsamerweise keiner der Wärter zu sehen. Drago, der hinter Maik ging, nutzte die Gelegenheit mit ihm zu sprechen. „Ich möchte wissen, was diese Schweine von dir wollen", sagte er ziemlich atemlos. „Wollen sie dich umbringen?"

„Sieht fast so aus", meinte Maik düster. „Aber ich werde ihnen nicht den Gefallen tun, mich von ihnen umbringen zu lassen."

„Vor vier Jahren, als es noch nicht so viele Häftlinge gab, wurden die Steine mit Pferden transportiert. Der Korb, den du trägst, wurde für Pferde gemacht, nicht für Menschen." Erbittert lachte Drago auf. „Die Pferde hatten es besser als wir. Ihnen wurden nach jedem Abstieg Pausen gewährt."

„Die Wärter kommen", warnte ein Häftling hinter Drago.

„Danke, Bruder."

Schweigend setzten sie ihren Weg fort.

Ohne an Schlangen und dergleichen zu denken, schlief Maik an diesem Abend sofort ein. Er wachte nicht ein einziges Mal auf, sondern schlief, bis ihn die Sirenen weckten. An diesem Morgen gab es sogar Wasser. Er nahm es als gutes Omen und hoffte, dass der Tag besser als der vergangene werden würde. Wie sehr sollte er sich täuschen!

Adin verteilte das Essen. Es gab außer einem kleinen Stück Brot und Wasser sogar zwei Wurstkonserven. Maik hätte am liebsten eine der Konserven sofort geöffnet. Es fiel ihm schwer, es nicht zu tun.

Während der Arbeit schaffte es Drago, sich in Maiks Nähe zu halten. Als sie glaubten, sich kaum noch vorwärts schleppen zu können, ertönte endlich das Signal zur Mittagspause.

Die beiden Männer setzten sich mit ihrem Essen auf einen der großen Steinblöcke. Sie schauten in entgegengesetzte Richtungen. Ihnen rann der Schweiß von der Stirn. Es war ein glühend heißer Tag und sie hatten noch keine Gelegenheit gehabt, etwas zu trinken.

Etwa zwanzig Meter von ihnen entfernt saßen die Polizisten und Wärter unter einem riesigen Sonnenschirm an einem Tisch und spielten Schach. Am Tisch stand eine Kühlbox mit Wasserflaschen. Neben ihr lag ein Fernglas.

Nachdem Maik von seinem Wasser getrunken hatte, öffnete er heißhungrig eine der Wurstdosen. Sie war leer! Mit zitternden Fingern öffnete er die zweite Dose. Auch sie war leer! Er wollte seinen Augen kaum trauen. Wie konnten zwei Dosen leer sein? Ein Fehler der Wurstfabrik? - Aber warum hatte ausgerechnet er die leeren Dosen bekommen?

Wütend warf er die Dosen zur Seite und griff nach dem Brot.

Drago war genauso entsetzt wie Maik. In seinen Dosen befand sich Wurst. Ohne zu zögern, reichte er dem Freund eine. „Du musst etwas essen", sagte er, ohne ihn anzuschauen, denn die Wärter sollten nicht bemerken, dass sie sich unterhielten.

Maik ballte die Fäuste. Er spürte eine unsagbare Wut in sich.

„Bleib ruhig, Maik", warnte Drago.

Die Polizisten und Wärter hatten nicht gesehen, wie Drago dem Freund eine seiner eigenen Wurstdosen gegeben hatte. Doch jetzt hob Adin, der Polizist mit dem Schnauzer, das Fernglas und richtete es lachend auf Maik. Gleich darauf lachten auch seine drei Kollegen.

Maik begriff, weshalb sie lachten. Sie wussten also, dass seine Wurstdosen leer waren. Man hatte ihm die leeren Dosen absichtlich gegeben. Er beschloss, sich die Gesichter dieser Männer bis an sein Lebensende zu merken. Sie sollten für all die Schikane, der er hier ausgesetzt war, bezahlen und das nicht zu knapp. Wer zuletzt lacht, lacht am besten, sagte er sich und griff nach seiner Wasserflasche.

Wie jeden Abend lag Maik erschöpft und mit entsetzlichen Rückenschmerzen auf seinem harten Lager. Wie er sich auch drehte, die Schmerzen ließen nicht nach. Lange konnte das nicht mehr so weitergehen. Tag für Tag dachte sich Adin neue Schikanen für ihn aus. Weshalb hatte er es auf ihn abgesehen?

Er schloss die Augen. Nach einer Weile gelang es ihm, sich in die Vergangenheit zu versetzen. Ein Lächeln umspielte seine Lippen, als er seinen Sohn Tim lachend auf sich zurennen sah. Er hielt drei Äpfel in den Händen. Streckte ihm einen entgegen.

„Einen für dich Papa, einen für die Mama und einen für mich", sagte Tim.

Maik griff nach dem Apfel. Er war noch unreif, hart und grün. „Die Äpfel kann man noch nicht essen, Tim", meinte er. „Trotzdem danke!" Er streckte den Arm zur Seite und drückte die Hand so fest zusammen, dass die Frucht zersprang und ihr Saft bis zu seinem Gesicht spritzte.

Tim lachte schallend auf. „Papa, ich kann das auch", meinte er und versuchte es sogleich, aber so sehr er sich auch anstrengte, es wollte ihm nicht gelingen. Schließlich nahm er beide Hände, um den Apfel zu zerquetschen. Vergeblich! „Dann eben so!"

Er warf den Apfel zu Boden und trat mit voller Wucht auf ihn drauf. Der Apfel zerplatzte. „Siehst du, Papa, ich bin auch stark." Zufrieden grinste er.

„Ja, das bist du." Maik zog Tim an sich.

„Kann ich eines Tages auch einen Apfel mit der Hand zerquetschen?", fragte Tim.

„Das wirst du können und noch viel mehr, aber bis dahin dauert es noch einige Zeit. Ich ..."

Maik war eingeschlafen und wurde von einem heftigen Schlag gegen die Zellentür aus seinem Traum gerissen. Gleich darauf öffnete sich die Tür. Im Ganglicht sah er den Kerl mit dem Schnauzer, der ihn seit dem Vortag drangsalierte. Wie erstarrt blieb er liegen, unfähig sich zu rühren.

Der Polizist kam herein. Von der Tür aus warf er eine Decke und ein Kissen auf Maik und taumelte auf ihn zu. Es war offensichtlich, dass er getrunken hatte. Gleich darauf fiel die Tür zu.

Maik stieß Decke und Kissen zur Seite und richtete sich auf. „Was willst du hier?", fragte er.

„Ich bin müde. Los rücke zur Seite." Adin ließ sich auf die Matratze fallen. Sein alkoholgetränkter Atem wehte Maik ins Gesicht. Seine Hände tasteten nach der Hose des Gefangenen.

„Es reicht, du Monster!" Maik stieß die tastenden Hände zur Seite, und bevor der andere noch wusste, wie ihm geschah, zog er ihn zu Boden und drückte ihm mit beiden Händen den Kehlkopf zu, sodass Adin kaum noch röcheln konnte. Dann ergriff er außer sich vor Wut den Kopf des Polizisten und schlug ihn mehrmals mit voller Wucht auf den Betonboden.

Alarmiert durch den Lärm des Kampfes stürzten die beiden Polizisten, die vor der Zelle Wache hielten, herein, doch sie kamen zu spät. Ihr Kamerad war bereits tot. Bevor Maik reagieren konnte, zielten sie mit ihren Pistolen auf ihn. Einer löste den Alarm aus.

Keine fünf Minuten später wurden Maik Handschellen angelegt. Mehrere Wärter schleppten ihn in den Keller, öffneten ein Loch im Boden und wiesen ihn an, die Leiter, die nach unten führte, hinunterzuklettern.

Maik kam der Aufforderung nach, denn er ahnte, eine Weigerung konnte sein Todesurteil sein.

Kaum war er unten angekommen, wurde die Leiter hochgezogen und die Öffnung verschlossen. Maik hörte, wie die Männer den Keller verließen. Gleich darauf erlosch das Licht und er blieb in der Dunkelheit allein zurück. Erschöpft setzte er sich auf den Lehmboden und lehnte sich gegen die Wand.

8.

Nicht weit vom Gefängnis entfernt befand sich das Gerichtsgebäude. In ihm lag auch das Büro der vier Zlatar-Brüder, denen das Gefängnis gehörte und die an den Gefangenen sehr gut verdienten. Es lag ihnen viel daran, dass sie nicht innerhalb eines Jahres wegen Unterernährung und an Erschöpfung starben, denn dann nutzten sie ihnen nichts mehr.

Als sie vom Tod des Polizisten erfuhren, luden sie den Staatsanwalt, den Richter, den Polizeichef und einen Rechtsanwalt in ihr Büro. Die Gefängniswärter sollten ihnen Rede und Antwort stehen.

Einer der Brüder war für das Gefängnis zuständig, doch er kümmerte sich nicht um die Zustände, die dort herrschten, und überließ alles dem Polizeichef, der seinen Leuten dort völlig freie Hand gegeben hatte.

„Es wäre nicht zu diesem mehr als bedauerlichen Fall gekommen, wenn Sie Ihre Leute besser im Griff hätten", donnerte Vito Zlatar. „Es kann nicht angehen, dass man Gefangene Körbe tragen lässt, die vor Jahren für die Pferde angeschafft wurden."

„Dieser Gefangene ist ein Bär von einem Kerl", stammelte der Polizeichef und warf den Gefängniswärtern, die sich ebenfalls im Raum befanden, einen vernichtenden Blick zu.

„Die Gefangenen sollen nicht innerhalb eines Jahres so krank werden, dass sie uns nicht mehr nützen." Vito Zlatar schlug mit der Faust auf den

Tisch. „Wer hat den Gefangenen gezwungen, diesen Korb zu tragen?" Er wies mit dem ausgestreckten Zeigefinger auf einen der Wärter, die kaum ihre Angst verbergen konnten. Keiner von ihnen wollte in Ungnade fallen.

„Adin, der Polizist, der letzte Nacht erwürgt wurde", antwortete der Mann stammelnd.

„Adin, immer wieder Adin! Mit dem haben wir schon mehr als einmal Ärger gehabt. Nun, das hat sich ja jetzt erledigt." Vito Zlatar wandte sich an den Polizeichef: „Und wie heißt der Gefangene, der diesen Adin umgebracht hat?"

Milan Novak nannte Maiks Namen. „Ein Kerl, dem ich nicht allein im Dunkeln begegnen möchte", fügte er hinzu.

„Darf ich etwas dazu sagen?", fragte der Richter. „Allerdings ist das nicht für alle Ohren bestimmt.

„Nur zu!" Vito Zlatar schickte Wärter und Polizisten aus dem Raum.

„Ein Freund von mir, der frühere Richter Dario Sudar, ist überzeugt dass dieser Maik mit dem Mord an seinem Sohn zu tun hat", sagte Ranko

Illic, als sie unter sich waren. „Er hat mir zu verstehen gegeben, dass er erst Frieden finden wird, wenn dieser Kerl tot ist."

Vito Zlatar atmete mehrmals tief durch. „Mit anderen Worten, du hast Adin auf diesen Kerl angesetzt." Er umspannte mit beiden Händen seine Hosenträger.

„So könnte man es nennen." Der Richter straffte die Schultern. „Falls es zu einer Verhandlung gegen Maik kommt, wird Dario Sudar vermutlich mit seinen Leuten erscheinen. Das könnte zu großen Problemen führen."

„Das überlass mal uns, Ranko", warf Tarik Zlatar ein, Vitos jüngerer Bruder. „Wir wissen schon, was wir in diesem Fall tun. Viel wichtiger ist, dass die Gefangenen in Zukunft nicht mehr gequält werden. Wir brauchen gesunde Arbeiter, keine kranken. Wir haben viel zu viele Ausfälle, und der Nachschub von neuen kräftigen Männern hat stark nachgelassen." Er sah entschlossen in die Runde. „Das muss sich ändern!"

„Leider ist die alte Lena tot und auch die anderen Spitzel melden sich momentan nicht mehr“, meinte der Polizeichef. „Außerdem konnte man die Alte gut als Zeugin einsetzen, ob sie etwas gesehen hatte oder nicht. Für eine Flasche Slibowitz wäre sie bereit gewesen, die eigene Großmutter zu verraten. Die Verhaftung von Maik hatten wir ihr zu verdanken. Jetzt kann sie leider nicht mehr gegen ihn aussagen.“

„Was mehr als schlecht ist“, meinte der Ranko Illic. „Zudem ist der Tod von Adin noch nicht geklärt. Ging es nur um einen zu großen Korb im Steinbruch oder steckt mehr dahinter? Was wollte Adin in der Zelle dieses Maiks? Vielleicht hat Maik in Notwehr gehandelt.“

„Was soll das Geschwafel?“, fragte Vito Zlatar und bedachte den Richter mit einem abfälligen Blick. „Er hat einen meiner Wärter umgebracht, der zudem auch noch Polizist war. Dafür wird er büßen, ob er in Notwehr gehandelt hat oder nicht.“

„Richte Dario Sudar aus, dass man sehr leicht als Arbeiter im Steinbruch landet, wenn man nicht macht, was wir wollen", sagte Tarik Zlatar drohend zu dem Richter, der auf seinem Stuhl zusammensank. „Und wenn du nicht spurst, kann dir dasselbe geschehen."

Ranko Illic verzichtete auf eine Antwort. Er wusste, wann es besser war, zu schweigen.

„Und du sorgst dafür, dass dieser Maik aus dem Loch kommt und mit einem normal großen Korb wieder an die Arbeit geschickt wird", befahl Vito Zlatar dem Polizeichef. „Er muss noch viele Jahre einsatzfähig sein." Er stand auf und trat zum Staatsanwalt. „Fünfzehn Jahre, mein Lieber, fünfzehn Jahre, hast du verstanden?"

„Wie du wünschst, Vito", stotterte der Staatsanwalt. „Fünfzehn Jahre muss Maik bekommen."

Vito Zlatar wandte seinen Blick dem Richter zu.

„Ja, dieser Kerl bekommt fünfzehn Jahre", sagte der Richter wie auf Kommando und senkte den Blick.

„Gut, wenn wir alles geregelt haben, könnt ihr gehen. Meine Brüder und ich haben noch einiges zu besprechen, was euch nichts angeht."

Schweigend standen der Polizeichef, der Richter, der Rechtsanwalt und der Staatsanwalt auf und verließen den Raum.

Erst auf dem Parkplatz wandte sich der Richter nach kurzem Zögern an den Staatsanwalt. „Man sollte Dario Sudar nicht unterschätzen", meinte er. „Er ist immer noch brandgefährlich. Seine Leute werden auch gewalttätig, wenn es sein muss."

„Davon bin ich überzeugt, aber gegen die vier Zlatar-Brüder traut sich niemand, etwas zu unternehmen. Selbst der Bürgermeister, ihr Schwager, macht, was sie wollen. Wer kommt schon gegen diese Mafia an? Und sei ehrlich, alter Freund, wir verdienen dabei auch ganz gut."

„Trotzdem frage ich mich manchmal, ob mir ein ruhigeres Leben nicht lieber wäre." Aufseufzend stieg Ranko Illic in seinen Wagen.

9.

Es bedrückte Tim, dass sein Vater noch immer auf Reisen war. Er konnte nicht verstehen, weshalb er dieses Mal so lange fortblieb. Außerdem hatten sie in den Urlaub fahren wollen. Das versprochene tolle Fahrrad war da nur ein schwacher Ersatz. Irgendetwas stimmte nicht, da war er sich sicher. Seine Mutter bemühte sich zwar, es ihm nicht zu zeigen, doch er konnte sehen, wie traurig sie war und dass sie sich Sorgen machte.

An diesem Tag lag er mit Amir, einem seiner Schulfreunde im Gras. Amir gehörte auch zu den Kameraden, mit denen er oft Fußball spielte. Er wohnte nicht wie er in der Nähe des Fußballplatzes. Aus diesem Grund kam er immer mit dem Fahrrad.

Die beiden Buben sprachen über alles Mögliche und erzählten sich die tollsten Sachen. Darüber vergaßen sie die Zeit und bemerkten überhaupt nicht, wie die Dämmerung hereinbrach.

Plötzlich blickte Amir auf. „Oh, da kommt mein Vater", meinte er ein wenig schuldbewusst. „Ich hätte längst daheim sein müssen." Er sprang auf.

„Ich habe dich schon überall gesucht, Amir", sagte Fady und legte seinem Sohn die Hand auf die Schulter. Seinem Deutsch hörte man nicht an, dass er im Libanon geboren worden war. Deutschland war ihm zur zweiten Heimat geworden, wozu auch seine Familie und sein Optikergeschäft in der Stadt beitrugen.

„Tut mir leid, Papa, wir haben einfach die Zeit vergessen", erwiderte Amir.

„Schon gut." Fady wandte sich Tim zu. Er legte ihm die Hand auf die Schulter. „Dich kenne ich", sagte er. „Du warst vor einigen Wochen mit deinem Vater in meinem Geschäft."

„Stimmt!" Tim nickte. „Sie haben mir die tolle Sonnenbrille geschenkt."

„Schön, dass dir mein Geschenk gefallen hat." Fady blickte zum Fußballplatz hinüber. „Ich habe früher auch gern Fußball gespielt. Jetzt fehlt mir leider die Zeit." Aufseufzend hob er die

Schultern. „Wie geht es deinem Vater? Ich habe ihn schon lange nicht mehr gesehen."

Tim senkte den Blick. „Ich weiß es nicht", gestand er. „Mein Papa ist verreist. Er hätte längst wieder daheim sein müssen. Ich glaube, dass etwas passiert ist, aber warum sagt es mir meine Mama nicht?"

„Es muss nichts passiert sein", meinte Fady. „Manchmal hat man einfach zu viel zu arbeiten."

„Das sagt meine Mama auch."

Wahrscheinlich war tatsächlich etwas nicht in Ordnung. Fady kannte Maik als einen sehr zuverlässigen Mann, der nicht einfach aus einer Laune heraus fortblieb. „Brauchst du irgendetwas, Tim?"

Der Junge schüttelte den Kopf.

Fady griff in seine Hemdtasche, zog ein Kärtchen heraus und reichte es ihm. „Du kannst mich jederzeit anrufen, Tim." Er legte den Arm um die Schultern seines Sohnes. „Und wir beide müssen nach Hause, sonst macht die Mama sich noch Sorgen."

Nachdem sie Amirs Fahrrad im Wagen verstaut hatten, verabschiedeten sie sich von Tim und fuhren davon. Lange schaute Tim ihnen nach.

10.

Drago atmete erleichtert auf, als er Maik bei der Essensausgabe sah. Er hatte sich große Sorgen um den Freund gemacht und schon befürchtet, dass man ihn umgebracht und irgendwo verscharrt hatte.

So sehr die Wärter Maik auch hassten, sie mussten ihn quasi mit Glacehandschuhen anfassen. Der Polizeichef hatte ihnen unmissverständlich klargemacht, dass dieser Gefangene mehr oder weniger unter dem besonderen Schutz der Zlatar-Brüder stand. Deshalb bekam Maik an diesem Morgen auch die doppelte Menge Wurst und Brot. Sie wollten nicht den Zorn der Brüder herausfordern.

Maik konnte es kaum fassen. Während der Busfahrt zum Steinbruch öffnete er eine der Wurstdosen, weil er befürchtete, erneut enttäuscht zu werden. Sie enthielt jedoch tatsächlich Wurst!

„Wir reden in der Mittagspause", flüsterte ihm Drago zu, der im Bus hinter ihm saß.

Maik nickte.

Wie jeden Tag stieg schon im Laufe des Vormittags die Temperatur über dreißig Grad. Alle Häftlinge waren in Schweiß gebadet. Die schwere, pausenlose Arbeit trieb ihnen das Wasser nur so aus dem Körper. Wie in Trance füllten sie ihre Körbe mit den Steinen und trugen sie den Abhang hinunter zum Lagerplatz.

Maik war froh, statt des Pferdekorbes wieder einen der normalen Körbe tragen zu müssen. Allerdings fragte er sich, weshalb es so war. Immerhin hatte er Adin umgebracht, wenn auch in Notwehr. Er hatte nicht damit gerechnet, aus dem ‚Loch' schon sobald befreit zu werden. Was hatten diese Gauner mit ihm vor?

Wie immer saßen er und Drago in der Mittagspause zusammen auf einem großen Stein. Da sie Abstand voneinander hielten, konnten ihre Aufseher von ihrem Platz aus nicht erkennen, ob sie sich unterhielten.

Drago öffnete eine seiner Wurstdosen. „Niemanden von uns wird Adin fehlen", bemerkte er. „Die meisten unserer Leidensgenossen bewundern dich dafür, dass du diesen Kerl erwürgt hast."

„Es war Notwehr, trotzdem habe ich mich damit in große Schwierigkeiten gebracht", antwortete Maik. „Ich traue dem Frieden nicht. Ohne Grund werde ich bestimmt nicht plötzlich besser als zuvor behandelt."

„Das kann ich mir auch nicht vorstellen", meinte Drago. „Du musst so schnell wie möglich Hunderte von Kilometern zwischen diesem Ort und dir bringen. Die Frage ist nur, wie kommst du von hier fort?"

„Das geht mir ununterbrochen durch den Kopf."

„Für mich ist es zu spät. Als sie mich vor Jahren hier einsperrten, feierte meine Mutter gerade ihren sechsundsiebzigsten Geburtstag. Ich weiß nicht einmal, ob sie noch lebt. Noch heute sehe ich die Tränen in ihren Augen, als sie mir die Handschellen anlegten.“ Er atmete tief durch.

„Weshalb hat man dich eingesperrt?“

„Wegen einer Kneipenschlägerei. Zwei Männer hatten mich grundlos angegriffen. Ich habe mich nur gewehrt. Sie haben keine großen Verletzungen davongetragen, doch was ich nicht wusste, sie gehörten zum Clan der Zlatar-Brüder.“

Maik schaute zu den Wärtern hinüber. Sie interessierten sich nicht für sie.

„Man verurteilte mich zu fünf Jahren Haft, obwohl ich keine Schuld an der Schlägerei trug. Leider konnte ich es nicht beweisen, zumal der Wirt, ein Polizeispitzel, gegen mich aussagte. Mir wurde versuchter Mord vorgeworfen.“ Drago strich sich die Haare zurück. „Drei Jahre später starb einer der Männer, angeblich an einer Verletzung, die ich ihm zugefügt hätte. Gegen mich wurde erneut verhandelt. Dieses Mal lautete das Urteil fünfzehn Jahre.“

„Wie es aussieht, hat man hier von Gerechtigkeit noch nie etwas gehört", bemerkte Maik bitter.

„Bestimmt nicht", bestätigte Drago. „Es geht den Zlatar-Brüdern und ihren Helfern nur darum, genügend kostenlose Arbeitskräfte für ihre verschiedenen Projekte zu bekommen. Ich wünschte nur, irgendjemand könnte ihnen das Handwerk legen."

11.

Marco Zbaric putzte so gründlich seinen Jeep, als würde sein Leben davon abhängen. Mit den Gedanken war er bei Maik. Verzweifelt suchte er nach einem Weg, dem Freund zu helfen. Wie konnte er ihn nur aus dieser Hölle befreien?

Er dachte an den jungen Kollegen, mit dem er früher zusammengearbeitet hatte. Sie hielten noch lose Verbindung miteinander. Er wusste, dass Rade alles andere als zufrieden mit seiner jetzigen Arbeit war, was er gut verstehen konnte. Schon seit einigen Jahren war es hier üblich, die Polizisten auch immer wieder für

Wochen als Gefängniswärter einzusetzen. Die meisten von ihnen nahmen es einfach hin, aber Rade litt darunter. Auch wenn nur selten darüber gesprochen wurde, es war allgemein bekannt, wie sehr die Zlatar-Brüder Polizei und Gericht unter ihre Knute zwangen. Es wurde kaum ein Urteil gefällt, bei dem sie nicht ihre Hände im Spiel hatten.

So riskant es auch war, Marco suchte Rade auf, um ihn um seine Hilfe zu bitten. Er musste unbedingt wissen, an welchem Tag gegen Maik im Gericht verhandelt werden sollte.

„Öffentlich wird ja so etwas leider nicht gemacht", sagte er. „Wie ich annehme, aus gutem Grund. So wird jeder Protest schon im Keim erstickt, bevor er überhaupt laut werden kann."

„Es wird nicht bis in alle Ewigkeit so bleiben", meinte Rade zuversichtlich. „Hast du für diesen Tag etwas geplant?"

Der ehemalige Polizeichef starrte auf den Kaffee, der vor ihm auf dem Tisch stand. Ruckartig hob er den Kopf und sah Rade in die

Augen. Er vertraute dem jungen Mann. „Ja, das habe ich in der Tat", antwortete er und erzählte, was er in der Zwischenzeit organisiert hatte.

„Nicht schlecht", bemerkte Rade. „Aber sag mir, für was du den alten Krankenwagen brauchst, den du gekauft hast."

Marco lachte auf. „Das wirst du bald erfahren", meinte er. So groß sein Vertrauen in Rade auch war, er wollte ihn noch nicht in jede Einzelheit seines Planes einweihen.

Nachdem sie das Wichtigste miteinander besprochen hatten, wandten sie sich anderen Dingen zu. Rade erzählte Marco, dass sich der jetzige Polizeichef ein neues Auto gekauft hatte. „Und er ist auch dabei, sich ein neues Haus bauen zu lassen. Natürlich fragen sich einige Leute, woher dieser Reichtum kommt."

„Nun, das ist nicht schwer. Die Mafiabrüder bezahlen ihn gut für die Dienste, die er ihnen leistet. Wahrscheinlich bekommt er für jeden Mann, den er verhaften lässt, eine Zusatzprämie. Und in den letzten Jahren sind sehr viele Männer aus nichtigen Gründen verhaftet und ins Gefängnis gesteckt worden." Marco Zbaric erhob sich. „Für mich wird es Zeit, Rade. Ich muss nach Hause."

Auch Rade stand auf. Er begleitete ihn zur Tür. „Wir hören voneinander", meinte er.

„Ich verlasse mich darauf." Marco legte ihm die Hand auf die Schulter. „Pass auf dich auf!" Mit energischen Schritten ging er zu seinem Wagen, den er etwas abseits des Hauses zwischen Bäumen geparkt hatte.

12.

Mira öffnete leise die Tür zum Zimmer ihres Sohnes. Ein flüchtiges Lächeln umhuschte ihre Lippen, als sie im Flurlicht sah, wie ruhig er schlief. Beim Abendessen hatte er sie erneut mit Fragen nach seinem Papa gequält. So schwer es ihr fiel, Tim ständig anlügen zu müssen, die Wahrheit konnte sie ihm nicht sagen, sie wäre zu belastend für ihn gewesen.

Vergeblich hatte sie versucht, Maik von Deutschland aus zu helfen. Wie es aussah, gab es da keine Möglichkeit. Marco Zbaric hatte ihr abgeraten, sich an das Auswärtige Amt zu werden, oder die Sache in den Medien publik zu machen. Sie vertraute seinem Urteil, weil sie wusste, dass auch Maik sich auf ihn verlassen würde.

Niedergeschlagen saß sie vor dem Fernsehapparat und sah sich einen Dokumentarfilm an. Viel bekam sie von dem Film nicht mit, da ihre Gedanken fast ununterbrochen um Maik kreisten.

Das Läuten des Telefons riss sie aus ihren Gedanken. Sie sprang auf, nahm mit zitternden Fingern den Hörer ab und meldete sich.

„Mira, was ist?", fragte René. „Deine Stimme klingt, als hättest du geweint."

„Nein, ich habe nicht geweint", antwortete Mira. „Ich habe schon lange keine Tränen mehr." Sie erzählte dem Freund, was passiert war. „Es muss ein ganz schreckliches Gefängnis sein, in das man Maik gesteckt hat. Ich werde fast verrückt vor Sorgen. Tim fragt ständig nach seinem Papa. Ich weiß bald nicht mehr, was ich ihm noch sagen soll."

„Mira, bitte versuche, dich zu beruhigen. Es gibt bestimmt einen Weg, Maik aus dieser Hölle herauszuholen. Ich fliege so schnell wie möglich nach Bosnien. Gib mir bitte die Adresse und die Telefonnummer von Marco Zbaric, damit ich mich mit ihm in Verbindung setzen kann."

„Und du bist dir wirklich sicher, dass du das tun möchtest?", fragte Mira unsicher, weil sie ahnte, wie gefährlich es werden konnte, wenn René ihrem Mann zur Hilfe eilte.

„Ganz sicher", erwiderte René. „Ich werde meinen Freund nicht im Stich lassen."

Nach dem Gespräch mit Mira, rief René den Geschäftsführer seines Lokals an, um ihm zu sagen, dass er dringend nach Europa musste. „Ich weiß noch nicht, wann ich zurückkehren werde", fügte er hinzu. „Ich werde dir noch heute eine weitreichende Vollmacht faxen und hoffe, dass du mein Vertrauen nicht missbrauchst."

„Gewiss nicht, Boss", versicherte der Geschäftsführer. „Es wird alles so geschehen, wie Sie es wünschen." Er wusste nur zugut, dass sein Leben im Chaos enden würde, wenn er seinen Chef hinterging.

13.

Obwohl die Wärter Maik nicht mehr schikanierten, erschien ihm das Leben im Gefängnis von Tag zu Tag unerträglicher. Zu der schweren Arbeit und der unzureichenden Kost kamen noch seine Sorgen um Mira und Tim. Außerdem fragte er sich, was ihn bei der Verhandlung erwarten würde. Immerhin hatte er einen Polizisten umgebracht. Das alles setzte ihm so zu, dass langsam seine Kräfte schwanden, wenngleich er oft von einem Wunder träumte, das ihn aus dem Gefängnis befreite.

Am Sonntag sah er beim Hofgang, wie drei andere Häftlinge Drago schlugen. Ohne groß nachzudenken, eilte er dem Freund zur Hilfe, der sich unmöglich allein gegen die Übermacht helfen konnte. Es gelang ihm, die drei Männer zu überwältigen. Drago konnte es kaum fassen, dass ihm Maik so selbstlos geholfen hatte.

Die Wärter hatten seelenruhig zugesehen, als Drago geschlagen wurde. Nun mischten sie sich ein. Schreiend schickten sie die Gefangenen in ihre Zellen zurück und halfen mit ihren Schlagstöcken nach, weil es ihnen nicht schnell genug ging.

Drago konnte gerade noch Maik ein ‚danke' zurufen, bevor sich seine Zellentür hinter ihm schloss.

Maik spürte im Rücken den Stoß eines Schlagstocks. „Treib es nicht zu weit!", drohte ihm einer der Wärter, der zu den Freunden Adins gehört hatte. „Wenn ich könnte, wie ich wollte, währst du längst dort, wo du hingehörst." Er stieß den Gefangenen in die Zelle und warf die Tür hinter ihm zu.

Maik hörte, wie der Schlüssel sich im Schloss drehte. Er seufzte tief auf. Wie gelang es ihm nur immer, sich in Schwierigkeiten zu bringen? – Andererseits kam es nicht auf eine Schwierigkeit mehr oder weniger an. Er steckte sowieso bis zum Hals in Problemen.

Hätte Maik gewusst, dass René nach Bosnien kommen wollte, hätte er sich vielleicht weniger Sorgen gemacht, denn auf den Freund konnte er sich verlassen. So schloss er auch an diesem Abend niedergeschlagen die Augen. Nie zuvor war ihm sein Leben so hoffnungslos erschienen wie in den letzten Wochen.

Am nächsten Morgen sahen Maik, Drago und einige andere Häftlinge, als sie auf den Bus warteten, der sie zum Steinbruch bringen sollte, wie einige völlig abgemagerte, zerlumpte Männer mit je einem Beutel in den Händen aus dem Gefängnis kamen. Sie konnten sich kaum auf den Beinen halten.

„So machen sie es immer", bemerkte Drago. „Gefangene, die zu schwach zum Arbeiten sind, werden einfach entlassen. Medizinische Versorgung gibt es nicht."

Maik nickte nur.

Die Gruppe der Männer bewegte sich fast im Zeitlupentempo in Richtung Stadt. Nicht einmal eine Fahrgelegenheit wurde ihnen geboten. Da man ihre Angehörigen nicht benachrichtigt hatte, wurden sie auch nicht abgeholt.

„Wenn ich nur wüsste, wann meine Verhandlung ist", flüsterte Maik.

„Darauf kommt es gar nicht an", meinte Drago düster. „Du bist von dieser Bande schon verurteilt. Die Anzahl der Jahre, die du hier verbringen musst, steht längst fest."

Der Bus kam und sie stiegen ein. Da die Wärter sie streng beobachteten, konnten sie nicht weiter miteinander sprechen. Erst in der Mittagspause kamen sie wieder dazu.

„Ich denke ständig an Flucht", gestand Maik, weil er wusste, dass er Drago hundertprozentig vertrauen konnte. „Aber wie? Es erscheint mir fast unmöglich, aus dieser Hölle zu fliehen."

„Es gibt hinter dem Gefängnis einen schmalen Weg", flüsterte Drago. „Bevor eine der Fabriken, die sie betreiben, geschlossen wurde, bin ich auch mal dort gewesen. Allerdings wird dieser Weg Tag und Nacht von zwei Polizisten bewacht. Ich kann mir nicht vorstellen, wie man an diesen Polizisten vorbeikommen soll. Nachgedacht habe ich schon oft darüber. Wer will schon den Rest seines Lebens hier verbringen?"

Als sie völlig erschöpft nach ihrer Arbeit im Steinbruch aus dem Bus ausstiegen, sahen sie, wie ein Hubschrauber auf dem Dach des Gefängnisses landete.

„Einer der Zlatar-Brüder gibt uns mal wieder die Ehre", bemerkte Drago bitter.

Obwohl er die Lippen beim Sprechen kaum bewegt hatte, schlug ihm einer der Wärter mit dem Schlagstock hart auf die Schulter. „Hör auf zu quatschen!", fuhr er ihn an.

Maik zwang sich, ruhig zu bleiben. Am liebsten hätte er dem Wärter den Schlagstock aus der Hand gerissen und ihn selbst damit verprügelt.

Nach dem mehr als kargen Abendessen legte sich Maik auf sein hartes Lager. Mit den Gedanken an eine Flucht schlief er ein. Im Traum weckte ihn Tims Stimme.

„Steh auf und schau, was ich in der Hand habe!", forderte ihn sein Sohn auf.

Maik Blick fiel auf ein Zwei-Eurostück.

„Das hat mir Mama gegeben. Ich soll mir ein Eis holen." Tim zog blitzschnell Maiks Decke fort. „Kommst du mit, Papa?", fragte er lachend.

Maik hörte die Stimme seiner Frau. Sie rief nach ihm. „Ja, ich komme mit", versprach er und stand auf.

Gemeinsam traten sie vors Haus, um dort auf Mira zu warten. Es war ein schöner Sommertag. In den Bäumen am Haus zwitscherten die Vögel. Es duftete nach Blumen und gemähtem Gras.

Plötzlich stand eine Frau mit glänzenden dunklen Haaren vor ihnen. Der Stoff ihres langen Rockes wirkte wie gesponnenes Gold. Auch ihre Haut und ihre Zähne glänzten. Es war kein warmer Glanz. Er trug den Hauch des Todes in sich.

„Du bist nicht Mira." Maik trat unwillkürlich einen Schritt zurück.

Die Frau bedachte ihn mit einem arroganten Blick. „Wo bist du gewesen, Maik?", fragte sie mit einer Stimme, die selbst die Vögel in den Bäumen verstummen ließ. „Du hast mich mit dem Kind alleingelassen." Sie hob die Hand, um Maik zu schlagen.

Spontan ergriff Maik ihren Arm. Die Erscheinung verblasste. Auch Tim verschwand im Nichts. Maik spürte etwas Weiches in seiner Hand. Er schreckte auf und sah sich orientierungslos in seiner dunklen Zelle um. Erst nach einer Weile bemerkte er, dass er einen Zipfel seiner Decke in der Hand hielt.

Wieder ein Albtraum! – Wann hörte das endlich auf? Diese Albträume raubten ihm noch den letzten Verstand!

Er wollte sich gerade wieder hinlegen, als draußen im Gang das Signal zum Aufstehen ertönte. Niedergeschlagen taumelte er zum Waschbecken und wusch sich mit dem spärlichen Wasser, das aus dem Hahn tropfte, Gesicht und Hände.

14.

Nach einem kurzen Aufenthalt in Frankfurt landete René am späten Vormittag in Sarajevo. Ohne sich eine längere Pause zu gönnen, nahm er sich ein Taxi und nannte dem Fahrer die Adresse, die er von Mira erhalten hatte. Es war eine ziemlich weite Fahrt, deshalb ließ sich der Fahrer des Wagens im Voraus bezahlen. René nahm ihm das nicht übel und versprach ihm auch noch ein reichliches Trinkgeld.

René hatte auf dem Flug nach Frankfurt geschlafen. So schaffte er es während der Fahrt nicht einzuschlafen, obwohl ihm der Jetlag zu schaffen machte. Unterwegs hielten sie zum Mittagessen an. Das war jedoch die einzige Unterbrechung, die sie sich gönnten.

Marco Zbaric arbeitete in seinem Garten, als das Taxi auf der Straße hielt. Er beobachtete, wie René ausstieg, dem Fahrer Geld in die Hand drückte und wartete, bis dieser abgefahren war, bevor er sich dem Gartentor zuwandte.

Marco ging ihm entgegen. „Zu wem möchten Sie?", fragte er, ohne René auch nur den Bruchteil einer Sekunde aus den Augen zu lassen.

„Einen Augenblick?“ René griff mit der rechten Hand in Richtung Jackentasche. Er bemerkte, Marcos Misstrauen. Aus diesem Grund zog er den Zettel mit der Adresse nur mit Daumen und Zeigefinger sehr langsam aus der Tasche.

Marco, dessen rechte Hand bereits auf seiner Pistole lag, entspannte sich, als er sah, dass René nur einen Zettel aus der Tasche gezogen hatte. Er warf einen Blick darauf.

„Das sind mein Name und meine Adresse“, sagte er. „Wer hat sie Ihnen gegeben?“

„Mira, Maiks Frau“, antwortete René. „Ich gehöre zu Maiks Freunden und bin auch mit Tom, seinem Vater, jahrelang befreundet gewesen.“

Spontan streckte Marco ihm die Hand entgegen. „Dann kann ich Sie nur herzlich willkommen heißen“, sagte er und öffnete das Gartentor. „Setzen wir uns auf die Terrasse und trinken einen Kaffee miteinander. Sie werden müde von der langen Reise sein. Vielleicht möchten Sie sich erst etwas ausruhen?“

René schüttelte den Kopf. „Nein, ich möchte erst mehr über die Schwierigkeiten wissen, in denen Maik steckt. Ausruhen kann ich mich später noch.“

„Dann kommen Sie!“ Der ehemalige Polizeichef ergriff Renés Gepäck und führte ihn ins Haus. Dort stellte er den Koffer im Hausflur ab. Er zeigte dem Gast, wo er sich frisch machen konnte und verschwand in der Küche, um Kaffeewasser aufzusetzen.

Kurz darauf saßen sie auf der Terrasse, tranken Kaffee und sprachen von Maik. Marco erzählte René von Maiks Verhaftung, den Zlatar-Brüdern, der Mafia, die die ganze Umgebung beherrschte, der Korruption und den Zuständen in dem Gefängnis, in das man Maik gesperrt hatte.

„Wir müssen Maik da rausholen, wenn er nicht untergehen soll. Er mag noch so stark und mutig sein, gegen den Horror dieses Gefängnisses kommt er nicht an. Bei ihm mag es länger dauern als bei anderen, bis man ihn zerbricht, aber es wird geschehen“, fügte er düster hinzu.

„Und ich bin schuld daran, dass es soweit gekommen ist. Hätte ich nicht den Wunsch gehabt, Maik noch einmal in meinem Leben zu sehen, wäre er nicht nach Bosnien gekommen. Und als er hier war, hätte ich darauf dringen müssen, dass er sofort abreist, nachdem die alte Lena ihn gesehen hatte. Sein Verhängnis ist es gewesen, bis zum nächsten Morgen mit der Abreise zu warten."

René nickte. „So sehe ich das auch", erwiderte er. „Nur bringt es nichts, über vergangene Fehler nachzudenken. Sie sind nicht mehr zu ändern. Unser Ziel sollte es sein, Maik zu befreien und nur darauf sollten wir uns konzentrieren."

„Du hast völlig recht, René", gab Marco zu. „Ich bin es nicht nur Maik, sondern auch seinem Vater schuldig." Er griff unwillkürlich nach der Goldkette, die er um den Hals trug. „Tom hat sie mir vor fast fünfzig Jahren geschenkt. Hat dir Maik erzählt, dass sein Vater auf der Brücke von einem jungen Mann, dem Sohn eines früheren Richters, erschossen wurde?"

„Ja! Er hat mir auch erzählt, dass man diesen Sohn später erhängt auf der Brücke gefunden hat", sagte René. Die beiden Männer sahen sich wissend an. „Manchmal lässt die Gerechtigkeit nicht lange auf sich warten."

Marco Zbaric schätzte René als korrekten und gleichzeitig gefährlichen Mann ein. Man durfte ihn nicht unterschätzen. Er hielt ihn für einen Mann, der, wenn er sich einmal zu etwas entschlossen hatte, unbeirrt sein Ziel verfolgen würde, kostete es, was es wollte. Auf ihn konnte man sich gewiss hundertprozentig verlassen.

„Ich nehme an, du hast schon länger darüber nachgedacht, wie man Maik befreien könnte", meinte René und leerte seine Tasse.

„Ja, das habe ich." Marco beugte sich René zu und erläuterte ihn seinen Plan. „Die Vorbereitungen zu Maiks Befreiungsaktion sind fast abgeschlossen. Wir bekommen sogar Hilfe von einem meiner früheren Kollegen. Er will unter anderem herausbringen, wann es zur Gerichtsverhandlung gegen Maik kommt. Meistens sind diese Verhandlungen nicht öffentlich und finden mehr oder weniger im Geheimen statt."

„Sieht aus, als würde hier die Mafia tatsächlich fast das ganze Leben beherrschen." René erhob sich. Marco wollte ihm noch die Waffen zeigen, die er im Keller aufbewahrte. Weitere Waffen wollte Marcos ehemaliger Kollege besorgen.

„Ich bin froh, dass du gekommen bist, René", sagte Marco Zbaric, als sie in den Keller hinunterstiegen. „Nicht jeder würde ein so großes Risiko auf sich nehmen, um einem Freund zu helfen. Das tun nur Helden."

„Ein Held bin ich ganz gewiss nicht", wiegelte René ab, „aber es macht mich wütend, wenn ein Freund unschuldig in Schwierigkeiten steckt, aus denen er sich nicht allein befreien kann."

15.

Vorsichtig, um mit seinem schweren Korb nicht zu stolpern, stieg Maik den Pfad zum Lagerplatz hinunter. Vor ihm ging Drago. Plötzlich bemerkte er, wie die Beine des Freundes zu zittern begannen.

„Bist du krank?", fragte er besorgt.

„Nein, krank bin ich nicht", antwortete Drago leise, „ich habe nur keine Kraft mehr. Ich muss mich zwingen, überhaupt einen Fuß vor den anderen setzen zu können. Ich trage diese schweren Körbe schon seit Jahren den Berg hinunter. Irgendwann ist Schluss. Ich kann nicht mehr."

„Du schaffst es, Drago", versicherte Maik wider besseres Wissen, um dem Freund Mut zu machen. Da bis auf ein paar Leidensgenossen niemand in der Nähe war, setzte er seinen Korb ab und lud noch Steine aus Dragos Korb hinein, um ihm die Last etwas abzunehmen.

Kurz darauf wurde das Signal zur Mittagspause gegeben. Drago und er setzten sich wie stets zusammen auf einen großen flachen Stein. An diesem Tag sprachen sie anfangs kaum miteinander. Sie waren zu erschöpft, um sich unterhalten zu können.

Drago wies zu einem der Gefangenen, der statt zu essen ununterbrochen im Kreis lief und mit sich selbst sprach. Er wirkte, als hätte er sich in eine andere Welt geflüchtet. „Esved ist schon viele Jahre hier", berichtete er. „Er wurde von den Wärtern oft zusammengeschlagen und bei jeder Gelegenheit gequält. Du hast ihn nur noch nicht gesehen, weil er bis gestern in der Fabrik gearbeitet hat."

Maik wollte gerade etwas erwidern, als Murad, Seid und Cemal, drei der Wärter, auf sie zukamen. Er war gerade dabei, seine zweite Wurstdose zu öffnen. Cemal schlug ihm die Dose aus der Hand.

Die Häftlinge in ihrer Nähe hielten den Atem an. Selbst Esved blieb stehen und starrte zu ihnen hinüber.

„Steh auf", befahl Cemal.

Drago begann zu zittern.

Maik war zu wütend, um dem Befehl nachzukommen. Ohne nachzudenken, schnappte er Cemal bei den Beinen und zog ihn heftig an sich. Der Mann rutschte aus und schlug rückwärts auf den Boden. Im selben Augenblick sprang Maik auf und schlug ihm mit der Faust so heftig gegen die Schläfe, dass er am Boden liegen blieb.

Nun kam auch Leben in Drago. Seine jahrelang angestaute Wut entlud sich in einem wütenden Knurren. Er griff nach einem Stein und wollte damit auf Seid einschlagen, der wie in Trance entsetzt auf seinen toten Kollegen starrte, doch Esved kam ihm zuvor und traf den Wärter mit einem schweren Stein hart gegen die Brust. Der Wärter begann zu schwanken. Esved griff nach einem zweiten Stein und schlug wie von Sinnen auf den Mann ein. Seid ging zu Boden. Esved stürzte sich schreiend auf ihn und hämmerte so lange auf Seid ein, bis dieser sich nicht mehr regte.

Murad hatte seine Pistole gezogen, aber Maik war schneller gewesen. Während Esved Seid attackierte, drehte er Murad den Arm soweit auf den Rücken, bis dessen Schlüsselbein mit einem hässlichen Knirschen brach. Die Pistole fiel auf den Boden. Voller Wut rammte ihm Maik noch die Faust gegen die Nase. Wie ein gefällter Baum stürzte der Wärter zu Boden.

Esved schlug noch immer blind vor Wut auf Seid ein.

„Es ist gut, Esved", versuchte Maik ihn zu beschwichtigen und legte die Hand auf Esveds Schulter. In diesem Moment fiel ein Schuss. Er traf Esved in den Kopf. Murad, aus seiner Bewusstlosigkeit erwacht, hatte mit der linken Hand nach der Pistole gegriffen. Nun richtete er die Pistole auf Maik, doch noch, bevor er abdrücken konnte, verlor er erneut das Bewusstsein.

Maik atmete auf. Er kannte Murad, Seid und Cemal vom Sehen. Sie hatten zu Adins Freunden gehört und hatten vor seiner Zelle Wache gestanden, als Adin sich an ihm vergreifen wollte. Vermutlich hatten sie jetzt versucht, den toten Freund zu rächen.

Die Schießerei war natürlich nicht unbemerkt geblieben. Auch die Wärter, die auf dem Lagerplatz der Steine für Ordnung sorgten, hatten sie gehört. Eine Gruppe von ihnen rannte den Abhang hinauf. Noch im Laufen erschossen sie zwei Häftlinge, die versucht hatten, zu fliehen.

Als die Schüsse fielen, rannte Maik zu dem toten Wärter, tauchte seine Hände in dessen Blut und verschmierte damit erst Dragos Gesicht, dann seines. „Auf den Boden, Drago!", befahl er. „Wir sind schwer verletzt. Rühr dich nicht."

Die anderen Häftlinge kehrten zu ihrer Arbeit zurück. Sie taten, als sei nichts geschehen. Keiner von ihnen wollte etwas gesehen haben. Die Wärter standen vor einer Mauer des Schweigens.

Mit einem Wagen wurden die Toten und Verletzten ins Gefängnis zurückgebracht. Unter ihnen waren auch Drago und Maik. Dort wurde nach einer flüchtigen Untersuchung festgestellt, dass ihnen nichts fehlte. Beide weigerten sich jedoch, etwas zu sagen. Daraufhin wurden ihnen Handschellen angelegt und sie in ihre Zellen gesperrt.

Nach einer sehr unruhigen Nacht saß Maik bereits bei Morgengrauen aufrecht auf seinem Lager. Da ihm niemand die Handschellen abgenommen hatte, konnte er sich nicht einmal waschen. Er hatte entsetzlichen Hunger. Für ihn hatte es auch kein Abendessen gegeben. Er verfluchte sich selbst. Wieder hatte er es nicht geschafft, seinen Zorn zu beherrschen und ruhig zu bleiben. Mit jedem Tag, der verging, verschlechterte sich seine Situation. Seine Chancen Mira und Tim jemals wiederzusehen, rückten in weite Ferne.

Es war später Vormittag, als er aus seiner Zelle geholt wurde. Zwei Wärter führten ihn vor das Büro des Gefängnisdirektors. Dort traf er auch Drago, der genauso dreckig und übernächtigt aussah wie er selbst.

Drago wurde zuerst in das Büro von Vito Zlatar geführt. Gleich darauf hörte Maik, wie der Gefängnisdirektor Drago anschrie. Dragos Stimme war so leise, dass Maik nicht verstehen konnte, was er sagte. Mehrmals hörte er es laut klatschen. Es war für ihn jedes Mal, als würde er selbst geschlagen werden.

Endlich wurde Drago aus dem Büro geführt. Er zitterte am ganzen Körper, auf seinem Gesicht zeichneten sich deutlich die Finger und der Siegelring des Gefängnisdirektors ab.

„Los!" Die beiden Wärter, die Maik im Vorraum bewacht hatten, stießen ihn in das Büro.

„Du schon wieder!", schrie ihn Vito Zlatar an. Seine Stimme überschlug sich fast. „Seit du hier bist, gibt es nur Probleme. Du hast einen Polizisten getötet und gestern gab es auch wieder Tote und Verletzte."

Maik wollte etwas sagen.

Vito Zlatar schlug ihn hart auf den Mund. „Habe ich dir erlaubt zu sprechen?", fragte er. „Mich interessiert nicht, wie und warum das alles passiert ist. Du bist für das ganze Schlamassel verantwortlich, da bin ich mir sicher." Er wandte sich an die beiden Wärter und befahl ihnen, vor der Tür zu warten.

Schweigend verließen sie den Raum.

Der Gefängnisdirektor wandte sich erneut Maik zu. Seine Stimme klang jetzt etwas freundlicher, als er sagte: „Maik, Maik, du magst noch so stark sein, gegen uns kommst du nicht an." Er tippte dem Gefangenen gegen die Brust. „Ich brauche solche Männer wie dich. Wenn du dich endlich in dein Schicksal fügen würdest, könntest du einige Privilegien genießen. Es würde dein Schaden nicht sein."

Es fiel Maik schwer, dem Gefängnisdirektor nicht zu sagen, was er von ihm hielt und dass er sich nie in das Schicksal eines Gefangenen fügen würde.

„Du musst hier viele Jahre verbringen", fuhr Vito Zlatar fort, „doch die Zeit vergeht. Wenn du dich endlich wie ein normaler Häftling benimmst und keine Probleme mehr machst, verspreche ich dir, dass du in drei, vier Jahren eine leichte Arbeit bekommst." Er sah ihn eindringlich an. „Überlege dir gut, was du tust, denn das, ist die letzte Warnung, darauf kannst du dich verlassen."

Ich habe nicht vor, hier noch lange Zeit zu bleiben, dachte Maik wütend. Ich werde einen Weg finden, dieser Hölle zu entkommen, verlass dich darauf, du Fettkloß.

„Komm mit!", befahl der Gefängnisdirektor. „Ich will dir etwas zeigen." Er öffnete die Tür.

Maik folgte ihm. Die beiden Wärter nahmen rechts und links von ihm Aufstellung. Der Direktor ging voraus zu einer Tür, an der stand: ‚Betreten verboten'. Er schloss sie auf und ließ die Wärter mit Maik vorausgehen. Sie befanden sich jetzt außerhalb des Gefängnisses.

Ein schmaler Gang zwischen zwei drei Meter hohen Mauern führte zu einem mit einer Betonplatte bedeckten Loch im Boden und von dort weiter zum Seiteneingang des Gerichtsgebäudes.

Vito Zlatar befahl den Wärtern, die Betonplatte zur Seite zu schieben. Wortlos rollten sie die Platte nach hinten. Er ergriff Maiks Arm und führte ihn an den Rand des Loches. Es war etwa drei Meter breit und sechs Meter lang. Einer der Wärter reichte ihm eine Taschenlampe.

„Schau hinunter, Maik", forderte Vito Zlatar den Gefangenen auf.

Ein Schauer kroch über Maiks Rücken. Obwohl das Loch so tief war, dass der Schein der Taschenlampe kaum seinen Grund erreichte, sah er die Skelette, die in der Tiefe lagen.

„Das waren alles mal starke Männer", sagte der Gefängnisdirektor. Es gelang ihm sogar, ein gewisses Bedauern in seine Stimme zu legen. „Leider wollten sie unsere Gesetze nicht akzeptieren." Er stieß heftig den Atem aus. „Und was haben sie nun davon? Ihre Gebeine vermodern hier unten." Eindringlich sah er Maik an: „Haben wir uns verstanden?"

„Ja, ich habe alles verstanden", antwortete Maik.

„Gut, dann will ich in Zukunft keine Beschwerden mehr über dich hören." Vito Zlatar schlug ihm auf die Schulter und befahl den Wärtern, das Loch zu schließen.

Maik bekam erst am Abend etwas zu essen, doch die Handschellen hatte man ihm wenigstens abgenommen. Unruhig ging er in seiner Zelle auf und ab. Er wollte nicht die Hoffnung verlieren, doch das Bild der Skelette ging ihm nicht aus dem Kopf. Was sollte er nur tun? Sich ergeben? Sich in sein Schicksal fügen? – Nein, dachte er, niemals. Ich muss einen Weg in die Freiheit finden.

16.

Marco Zbaric stand auf der Terrasse seines Hauses und grillte. Er beobachtete René, der mit dem jungen Schäferhund spielte. Beide hatten sich in den letzten Tagen angefreundet. Es war für René und Marco sehr zermürbend, auf die Gerichtsverhandlung zu warten, bevor sie Maik aus den Klauen der Zlatar-Brüder befreien konnten. Er hoffte, dass das alles bald hinter ihnen lag.

„Das Essen ist fertig!", rief er, legte zerschnittenes Fleisch in einen Napf, griff nach der Schüssel mit dem Wasser und stellte beides für den Hund auf den Boden. Der ließ sich nicht lange bitten und stürzte sich auf sein Fressen.

Die beiden Männer nahmen am Tisch Platz. „Hast du hier schon immer allein gelebt, Marco?", erkundigte sich René während des Essens.

„Nein, ich war früher verheiratet." Er blickte gedankenverloren zu den Bergen. „Ewa war sehr krank und ist mit der Zeit blind geworden. Wir haben alle möglichen Ärzte aufgesucht, keiner konnte ihr helfen. Als ich von der Arbeit kam, lag sie tot im Bett. Sie hatte sich mit Tabletten das Leben genommen. Seitdem trage ich einen tiefen Schmerz in mir."

„Das tut mir leid, Marco", sagte René betroffen.

„Und wie ist es mit dir, René? Hast du Frau und Kinder?"

„Ich bin geschieden. Mein Sohn ist bereits erwachsen. Wir verstehen uns sehr gut. Er ..." René bemerkte, wie vor dem Garten ein Motorrad hielt. „Wer ist das?", fragte er und wies auf den Mann, der jetzt seinen Helm abnahm und gleich darauf das Gartentor öffnete.

„Das ist Rade, ein ehemaliger Kollege und guter Freund.“ Marco stand auf. „Ich habe dir von ihm erzählt. Wir können mit ihm ganz offen reden.“

René nickte. „In Ordnung“, sagte er.

Rade kam zu ihnen auf die Terrasse. Er wünschte einen guten Abend.

Marco machte die beiden Männer miteinander bekannt. „Gibt es etwas Neues, Rade?“, erkundigte er sich.

„Ja, die Verhandlung gegen Maik findet in zehn Tagen statt, am Sechsundzwanzigsten dieses Monats, morgens um zehn Uhr.“

„Endlich!“, stieß René hervor.

Marco wies zum Tisch. „Komm, Rade, iss mit uns. Die Steaks sind noch heiß.“

„Gerne, danke.“ Rade setzte sich an den Tisch.

Marco holte Teller und Besteck von drinnen. „René ist extra aus Amerika gekommen, um uns bei Maiks Befreiung zu helfen“, sagte er. „Mit vereinten Kräften müsste es uns gelingen, die

Zlatar-Brüder und deren Helfer in ihre Schranken zu weisen."

„Es wird allerhöchste Zeit, dass ihre Machenschaften ein Ende finden." Rade griff nach seinem Besteck.

Während des Essens fragte Marco seinen ehemaligen Kollegen, wie weit er inzwischen mit dem Beschaffen der notwendigen Waffen gekommen war.

„Es ist natürlich nicht leicht", meinte Rade, „aber ich habe inzwischen ein Maschinengewehr organisieren können, etliche Handgranaten und reichlich Munition. Und meine Pistole steht ja auch zur Verfügung."

„Gut", lobte Marco. „Zusammen mit meinem Maschinengewehr hätten wir dann inzwischen zwei."

„Du hast ein Maschinengewehr?" Rade runzelte die Stirn.

Marco fiel ein, dass Rade ja davon nichts wusste. „René hat sich darum gekümmert", antwortete er rasch.

„Etwas muss ich ja auch dazu beitragen", meinte René und unterdrückte ein Lächeln.

Nach dem Essen sprachen sie noch einmal die Einzelheiten ihres Befreiungsplanes durch. Rade wirkte ein wenig ängstlich und versuchte vergeblich, es sich nicht anmerken zu lassen.

„Du weißt, wie groß das Risiko ist, das wir alle eingehen", sagte Marco. „Du musst nicht mit uns in den Krieg ziehen, Rade. Es reicht durchaus, was du bisher geleistet hast."

Rade schüttelte den Kopf. „Das ganze Leben ist ein Risiko", meinte er leichthin und hob die Schultern. „Ich habe keine Angst. Ich bin noch nie in meinem Leben vor etwas davon gelaufen."

René grinste.

Marco hatte Mühe, sich ein Lachen zu verkneifen. „Gut, dann ist das geklärt", meinte er.

Bald darauf brach Rade auf. Marco und René unterhielten sich noch eine Weile, bevor sie damit begannen, den Tisch abzuräumen.

René war gerade im Haus, als ein Polizeiwagen mit Blaulicht vorfuhr und an der

Straße hielt. Auf der Fahrerseite wurde das Fenster herabgekurbelt. Der Mann am Steuer dachte nicht daran, auszusteigen.

Marco hatte ihn sofort erkannt. Es handelte sich um Milan Novak, dem jetzigen Polizeichef, der ihn vor einigen Jahren abgelöst hatte. Er dachte an den Tag, an dem Tom tot auf der Brücke gelegen hatte. Milan war damals noch einfacher Polizist gewesen und hatte sich über den Toten lustig gemacht. Außer sich vor Wut hatte ihm Marco mit der Pistole ins Gesicht geschlagen.

„Hallo, mein alter Kollege", sagte Milan Novak jetzt süffisant. „Schönes Wetter heute."

„Ja, schönes Wetter", antwortete Marco. „Noch gestern hat es geregnet."

„Das Problem ist, dass mir jeder Wetterumschwung zu schaffen macht. Ich spüre dann schmerzhaft die Verletzung, die du mir damals auf der Brücke mit deiner Pistole zugefügt hast. Es wäre besser gewesen, du hättest Nachsicht mit deinem jungen Kollegen gehabt."

„Und du hättest dich nicht über meinen toten Freund lustig machen sollen, Milan“, erwiderte Marco Zbaric. „Im Übrigen tut es mir leid, wenn du noch nach all den Jahren Schmerzen hast.“

„Das glaube ich dir sogar.“ Milan straffte die Schultern und sah Marco ironisch an. „Wie du weißt, sitze ich jetzt auf deinem alten Platz.“

„Das kümmert mich nicht.“

„Du wirst auch wissen, dass der Sohn deines toten Freundes im Gefängnis sitzt. Seine Gerichtsverhandlung ist am Sechsundzwanzigsten dieses Monats.“ Milans Augen verengten sich zu Schlitzen. „Ich verbiete dir, zu dieser Gerichtsverhandlung zu kommen. Du hast im Gericht nichts verloren.“

„Wie du meinst, Milan“, bemerkte Marco scheinbar gleichgültig. Er hob die Schultern. Er hatte nicht vor, sich provozieren zu lassen.

Der Polizeichef kurbelte das Wagenfenster nach oben, gab Gas und fuhr davon.

Marco ging ins Haus. Er fand René in der Küche. „Ich hatte gerade Besuch von Milan

Novak, dem von den Zlatar-Brüdern eingesetzten Polizeichef", sagte er.

„Und was wollte der Kerl?", fragte René.

„Mich provozieren", antwortete Marco wütend und berichtete von seinem Gespräch mit Milan. „Dieser Mann war schon als junger Kerl ein Großprotz und ist es noch heute."

„Wir werden für ihn sehr schnell das passende Medikament finden", meinte René. „Mach dir wegen ihm keine Sorgen."

„Mach ich mir auch nicht", erklärte Marco und stellte die Teller, die René inzwischen abgewaschen hatte, in den Schrank.

17.

Mit hinter dem Rücken verschränkten Händen lief Ranko Illic unruhig von einem Zimmer zum anderen. Er hatte seine Wanderung nur kurz zum Abendessen unterbrochen.

„Kannst du mir mal sagen, weshalb du so nervös bist?", fragte seine Frau. „Du machst mich mit deinem hin und her laufen noch ganz konfus.

„Ich bin wütend und besorgt zugleich", antwortete Ranko und blieb stehen. „Am Sechsundzwanzigsten findet die Verhandlung gegen einen der Häftlinge statt. Die Zlatar-Brüder wollen, dass ich ihn zu fünfzehn Jahren verurteile, obwohl es dafür keine ausreichenden Gründe gibt." Er schlug heftig auf den Tisch, neben dem er stand. „Ich habe es satt, mich ständig nach dem Willen der Mafia zu richten."

„Wenn du nicht so weitermachen willst, solltest du hier das Richteramt aufgeben, Ranko", erwiderte seine Frau. „Du wirst überall Arbeit finden."

„Wenn das so einfach wäre, Emina", erklärte Ranko Illic. „Davon abgesehen, dass ich als Richter nirgends so gut verdienen werde wie hier, würde ich auch mit meinem Leben spielen. Du glaubst doch nicht, dass die Mafia mich am Leben lassen würde, wenn ich ihr den Rücken kehre. Und nicht nur ich wäre in Gefahr, auch du und die Kinder." Er schüttelte den Kopf. „Nein, ich muss bleiben und weiterhin nach der Pfeife der Zlatar-Brüder tanzen."

„Mit ihnen sollte man sich wirklich nicht anlegen", meinte Emina Illic besorgt. „Aber alles hat einmal ein Ende. Auch die Mafiabrüder werden eines Tages der Vergangenheit angehören.

18.

Rade brachte die versprochenen Waffen. Er hatte momentan Urlaub und jede Menge Zeit, um Marco und René zu helfen. Nach einem gemeinsamen Mittagessen fuhren sie einige Kilometer in den Wald hinein, um die Waffen auszuprobieren. Sie funktionierten hervorragend. Auch Marcos altes Maschinengewehr arbeitete tadellos. Wie es aussah, mussten sie sich wenigstens in dieser Beziehung keine Sorgen machen.

19.

Maik fiel es schwer, einen Fuß vor den anderen zu setzen. Ihm schmerzten sämtliche Knochen. An diesem Tag war die Arbeit besonders hart gewesen. Die Aufseher hatten die Gefangenen unbarmherzig angetrieben, als wollten sie einen neuen Geschwindigkeitsrekord aufstellen. Er war so müde und erschöpft, dass er es kaum geschafft hatte, beim Abendessen nicht einzuschlafen.

In seiner Zelle ließ sich Maik sofort auf die Matratze fallen und schloss die Augen. Wie gewöhnlich dachte er an Mira und Tim. Wie sollte er es nur ertragen, sie jahrelang nicht sehen zu dürfen. Alles in ihm sehnte sich danach, die beiden in die Arme zu nehmen.

Von draußen wurde ein Schlüssel ins Schloss seiner Zelle gesteckt. Die Tür öffnete sich. Ein Polizist trat ein, warf einen Brief auf die schmutzige Decke und sagte: „Morgen Vormittag um zehn Uhr findet deine Verhandlung statt." Er lachte auf. „Morgen erhältst du ein großes Geschenk."

Maik sah auf. Er bemerkte die Narbe, die der Polizist auf der linken Gesichtshälfte hatte.

„Ich wünsche eine gute Nacht.“ Der Polizist trat in den Gang hinaus. Schallend flog die Zellentür hinter ihm zu.

20.

Der alte Polizeichef suchte Harun Kovak auf, einen der Bauern, die bei der Befreiungsaktion mitmachen wollten. Harun lieferte jeden Morgen mit seinem von zwei Pferden gezogenen Planwagen Lebensmittel ins Gefängnis.

„Möchtest du etwas trinken“, fragte er und bot Marco Platz an.

„Nein, danke.“ Marco setzte sich. „Die Verhandlung gegen meinen guten Freund findet morgen statt. Vermutlich weißt du das inzwischen. Milan Novak höchstpersönlich hat mir verboten, daran teilzunehmen. Aber ich denke nicht daran, mich an dieses Verbot zu halten. Kannst du mir morgen deinen Pferdewagen und deine Arbeitskleidung samt Hut leihen? Ich habe vor, die Lebensmittel ins Gefängnis zu bringen.“

„Gerne“, antwortete Harun. „Ich bin zu allem bereit.“ Er verschwand und kam wenige Minuten später mit einem Jagdgewehr zurück. „Wie du siehst, bin ich auch bewaffnet.“ Er setzte sich zu Marco an den Tisch. „Ich hasse diese Bande mindestens genauso wie du. Meinen Neffen hatten sie auch geholt. Nach einem Jahr wurde er völlig kaputt entlassen. Zwei Wochen später konnten wir ihn zum Friedhof tragen.“

„So werden wir auch ihn rächen“, versprach Marco.

Der Bauer nickte. „Du kannst dich auf uns verlassen. Fast auf jedem Hof gibt es jemanden, der unter den Zlatar-Brüdern leidet oder zu leiden hatte. Es wird allerhöchste Zeit, ihnen die Rechnung für ihre Taten zu präsentieren.“

„Ihr dürft nicht vergessen, dass ihr verstreut in der Nähe des Gefängnisses bleiben müsst. Erst wenn ihr Schüsse hört, greift ihr an“, sagte Marco Zbaric. „Weißt du, wie die anderen Bauern bewaffnet sind?“

Harun nickte. „Die meisten von uns haben Gewehre, andere Äxte und Pistolen. Einige allerdings auch nur Mistgabeln und Hämmer.“ Er lachte grimmig auf. „Wir sind bereit, mit allem was wir haben, zu kämpfen und ich weiß, wir werden siegen!“

„Das werden wir“, versprach der ehemalige Polizeichef und verabschiedete sich. René und Rade warteten bestimmt schon auf ihn, um die letzten Vorbereitungen zu Maiks Befreiung zu besprechen.

21.

Völlig erschöpft und übernächtigt betrat Maik ohne Angst den Gerichtssaal. Er wurde von zwei Polizisten begleitet. Einer von ihnen war der Mann, der ihm am Vorabend den Brief aufs Bett geworfen hatte. „Na, freust du dich auf dein großes Geschenk?“, hatte er gefragt, als sie Maik abgeholt hatten.

Maik hatte nicht reagiert.

Der Gerichtssaal erschien ihm riesig. Auf seiner rechten Seite saßen finster blickende Männer in dunklen Anzügen. In ihrer Mitte gewahrte er einen älteren weißhaarigen Mann, der sehr unruhig wirkte. Links saßen außer dem Gefängnisdirektor mehrere Polizisten. Die mittleren Sitzplätze waren leer. Es wirkte, als würden die leeren Sitzplätze eine Mauer zwischen der rechten und linken Seite bilden.

Bei dem weißhaarigen Herrn handelte es sich um Dario Sudar, dem alten Richter. Sein Sohn hatte Maiks Vater aus Mutwillen erschossen. Die Männer in Schwarz gehörten zu seinen Leuten. Er hatte nur einen Wunsch, nämlich Maik tot zu sehen.

Als Maik in den Saal geführt wurde, flüsterte Dario Sudar einem seiner Begleiter etwas zu. Dieser nickte nur.

Die beiden Polizisten wiesen Maik einen Platz auf der Anklagebank zu, bevor sie rechts und links von ihm Platz nahmen. Maik fühlte sich alles andere als wohl in seiner Haut. Es handelte sich zwar um eine Gerichtsverhandlung, doch die Leute wirkten, als wären sie zu einer Beerdigung gekommen. – Seiner Beerdigung! Keine guten Voraussetzungen. Er fürchtete das Schlimmste.

Der Staatsanwalt und der Richter traten ein. Maik spürte, wie beide ihn ansahen. Der Staatsanwalt kalt, der Richter, als würde er bedauern, bei dieser Verhandlung den Vorsitz führen zu müssen. Er wandte den Kopf Vito Zlatar zu. Der Gefängnisdirektor konnte von seinem Platz aus den ganzen Saal überblicken. Es wirkte, als würde seine besondere Aufmerksamkeit Dario Sudar gelten. Maik ahnte, weshalb der alte Richter an dieser Verhandlung teilnahm. Er wollte dabei sein, wenn er dem Untergang geweiht würde.

22.

Marco Zbaric und René waren im Planwagen auf dem Weg zum Gefängnis. Rechts und links der Ladeflächen hatten sie zwei große Metallplatten als Schutz angebracht. Zwischen den Kartoffeln lagen das Maschinengewehr und die Maschinenpistole sowie die Munition und die Handgranaten. Wenn jemand in den Wagen geblickt hätte, er hätte sie nicht entdecken können. Alles andere hatten sie zwischen den übrigen Lebensmitteln verstaut.

Auf einem Parkplatz der Nähe des Gefängnisses wartete Rade im Krankenwagen. Mit einem Fernglas schaute er zum Gerichtssaal hinüber. Alles wirkte ruhig.

23.

Die Verhandlung dauerte nicht lange. Einen Verteidiger gab es ja nicht. Ranko Illic verurteile Maik zu fünfzehn Jahren Zwangsarbeit. Er wirkte dabei völlig gleichgültig und gefühllos. Nur sein unsteter Blick verriet, wie sehr ihm dieses Urteil zu schaffen machte.

Maik brauchte ein paar Sekunden, um seine Fassung zu wahren. Er hatte ja gewusst, dass er fünfzehn Jahre Haft bekommen würde, dennoch rann ihm ein kalter Schauer über den Rücken.

Er wandte den Blick Dario Sudar zu. Der alte Richter stand schwerfällig auf, griff in seine Jackentasche, holte eine Pistole heraus und zielte auf Maik. Niemand hinderte ihn daran.

Maiks Glück war es, dass im selben Moment ein Polizist mit einem Briefumschlag in der Hand zum Richtertisch ging. Das rettete ihm das Leben, da der Polizist an seinem Platz vorbei musste und Dario Sudar deshalb nicht schießen konnte.

Im selben Moment geschah etwas Unglaubliches! Trotz des hellen Vormittags wurde es im Gerichtssaal plötzlich dunkel. Ein schriller Pfeifton erklang. Sämtliche Fensterscheiben zersprangen in unzählige Stücke, die sich im ganzen Saal verteilten. Durch die zerbrochenen Scheiben kam so stürmischer Wind, dass Leute und Stühle völlig durcheinandergewirbelt wurden. Niemand konnte sich auf den Beinen halten. Von allen Seiten klangen Schmerzensschreie.

Auslöser dieses Durcheinanders war ein Zyklon, der sich um das Gefängnis und dem Gerichtsgebäude austobte.

Eine Schneise der Verwüstung hinter sich lassend zog der Zyklon weiter. Die Leute, die laufen konnten, drängten sich zum Ausgang.

Maik, der auf den Boden gestürzt war, stand auf. Sein Blick suchte Dario Sudar. Er fand den alten Richter. Gestützt von einem seiner Männer stand er aufrecht da und richtete seine Pistole erneut auf Maik. Über seinen rechten Arm rann Blut. Seine Hände zitterten, als hätte er kaum mehr die Kraft, die Pistole zu halten.

Maik fühlte einen lauen Windstoß in seinem Nacken. Er erinnerte ihn daran, wie oft ihm sein Vater in den Nacken gepustet hatte. Automatisch drehte er sich um, aber er sah nur die beiden Polizisten, die ihn in den Gerichtssaal begleitet hatten.

Mit einem tierischen Aufschrei bekam er die beiden zu fassen. Bevor sie noch reagieren konnten, hatte Maik dem einen bereits mit dem Kopf die Nase eingedrückt. Bevor sich dieser von seinem Schrecken erholen konnte, schlug er mit dem Kopf zweimal gegen die Nase des anderen. Der Polizist verlor das Bewusstsein. Maik ließ ihn fallen und nahm den anderen als Deckung.

Keine Sekunde zu früh. Ein Schuss fiel. Er traf den Polizisten mitten in die Brust. Maik ergriff die Pistole des Polizisten. Er hielt ihn mit dem linken Arm weiter als Schutz vor sich, während er sich vorsichtig durch das Chaos, das im Gerichtssaal herrschte, auf einen der Ausgänge zubewegte.

Von dem Gefängnisdirektor, dem Staatsanwalt und dem Richter war weit und breit nichts zu sehen.

24.

Ein paar Hundert Meter vom Gefängnis entfernt, auf einem Parkplatz, stand ein Polizeiwagen. Die Polizisten hatten bis auf einen heftigen Wind vom Zyklon nichts bemerkt, weil er sich in eine andere Richtung bewegt hatte.

René wies auf die beiden Polizisten, die vor dem Wagen standen. „Eine Kontrolle", bemerkte er trocken.

„Ist das Maschinengewehr griffbereit?", fragte Marco besorgt.

„Ja."

Einer der Polizisten stoppte sie. „Kontrolle", sagte er nur.

„Wir bringen Lebensmittel ins Gefängnis", erklärte Marco.

Der zweite Polizist rückte seine Mütze zurecht. „So spät heute?" Er runzelte die Stirn. „Warum seid ihr zu zweit?"

René, der ruhig neben Marco saß, konnte aus seinem Hut kaum herausschauen, weil dieser ihm soweit ins Gesicht gerutscht war. Er schob ihn ein Stück nach hinten.

Der ehemalige Polizeichef wollte sich nicht länger aufhalten lassen. Mit einer heftigen Bewegung stieß er dem Polizisten sein Messer in den Hals.

Als hätte René nur darauf gewartet, sprang er vom Wagen, ergriff den zweiten Polizisten und hob ihn hoch. Verzweifelt versuchte sich der Mann zu wehren. Es half ihm nichts. René schlug seinen Kopf brutal gegen den Pferdewagen. Der Polizist starb noch, während er zu Boden stürzte.

René packte die beiden Männer und zog sie zum Polizeiwagen. Er setzte einen hinter das Steuer, den anderen daneben. Dann kippte er die Sitze nach hinten. Nun wirkte es, als würden die beiden Männer schlafen.

Keine zwei Minuten später stieg er wieder auf den Pferdewagen.

25.

Maik hörte vor dem Saal eine lange Maschinengewehrsalve. Im Gerichtssaal selbst herrschte nach wie vor Chaos. Dario Sudars Männer ballerten wie wild auf die Polizisten. Die Polizisten schossen auf sie. Dabei wurden auch Unschuldige getroffen, die sich schreiend auf dem Boden wälzten.

Auch Maik gab einige Schüsse auf die Männer des alten Richters ab. Er hatte es noch immer nicht geschafft, den Ausgang zu erreichen.

Nur noch zwei, drei Schritte, dachte er.

Plötzlich tauchte direkt vor ihm der Lauf eines Maschinengewehrs auf. Gleich darauf sah er René.

René hatte den Blick eines hungrigen Tigers. Sein Gesicht war blutverschmiert. In der rechten Hand hielt er das Maschinengewehr, über dem linken Arm hing der Munitionsgurt. Er reichte fast bis zum Boden.

„Hallo Maik!" Er zwinkerte ihm zu.

Maik fiel ein Stein vom Herzen. Er konnte Renés Gruß nicht erwidern, da dieser sofort das Feuer eröffnete und genauso wild um sich schoss wie die Männer des alten Richters.

Der ohrenbetäubende Lärm des Maschinengewehrs war kaum auszuhalten. Die Männer im Saal fielen wie gefällte Bäume um.

Endlich konnte Maik den toten Polizisten loslassen. Als dieser zu Boden stürzte, dachte er: Nun hast du auch dein Geschenk.

„Komm, Maik, wir müssen zu Marco. „Er kämpft allein dort draußen."

Maik schickte einen letzten Blick in den Gerichtssaal. Es war kein schöner Anblick, doch er fühlte kein Bedauern. Sein Mund verzog sich zu einem Grinsen, als er den alten Richter leblos, in der Hand die Pistole, auf dem Boden liegen sah.

Sie wollten gerade den langen Flur vor dem Gerichtssaal betreten, als sie schnelles Laufen hörten. René warf einen Blick nach draußen. Drei Polizisten rannten auf sie zu. Ohne lange nachzudenken, erschoss er sie.

Maik nahm das Maschinengewehr, das einer der Toten bei sich hatte. Auch die Munition vergaß er nicht. Er kannte die Männer. Sie gehörten zu den Wärtern, die ihn gequält hatten.

Rücken an Rücken, sich ständig im Kreis drehend, rannten René und er Richtung Ausgang.

26.

Marco Zbaric lag auf den Kartoffelsäcken. Er hatte eine der Metallplatten so vor sich gezogen, dass sie ihm Schutz bieten konnte. Unermüdlich feuerte er auf die heranrückenden Polizisten, von denen es immer mehr wurden. Das Pferd, das den Wagen gezogen hatte, hatten sie freigelassen, damit es nicht durchging. Voller Panik war es davongelaufen.

Besorgt warf er einen Blick auf die Munition, die neben ihm lag. Sie hatte in den letzten

Minuten beträchtlich abgenommen. Lange konnte er nicht mehr durchhalten.

Vier Polizisten näherten sich dem Außeneingang des Gerichtsgebäudes. Entschlossen warf er eine Handgranate in ihre Richtung. Die Vier wurden von der Druckwelle in die Luft gehoben. Die Explosion war so heftig, dass René und Maik, die sich noch im Gang befanden, durchgeschüttelt wurden.

René und Maik hatten schon fast den Ausgang ins Freie erreicht, als sie trotz des Lärms um sich herum ein merkwürdiges Geräusch hörten. Aus einem Raum neben dem Gerichtssaal krochen Ranko Illic und Vito Zlatar. Sie bewegten sich keuchend auf Händen und Knien, ohne auf ihre Umgebung zu achten. Es wirkte, als wollten sich zwei Hunde heimlich, still und leise davonschleichen.

Maik richtete sein Maschinengewehr auf sie. „Aufstehen!", brüllte er sie an.

Der Gefängnisdirektor richtete sich etwas auf. Über sein aschfahles feistes Gesicht rannen dicke Schweißtropfen. Vergeblich bemühte er sich, sich nicht seine Angst anmerken zu lassen. „Nicht schießen, Maik", flehte er. „Du weißt, ich bin ein reicher Mann. Wir könnten ab heute zusammenarbeiten. Es würde dein Schaden nicht sein. Du würdest genauso reich wie ich." Er wrang die Hände. „Ich verspreche es dir."

Maik verzichtete, ihm darauf zu antworten. „Aufstehen! Alle beide aufstehen!" Seine Stimme übertönte den Lärm der Explosionen und Maschinengewehrsalven. Er warf einen Blick durch die offene Tür des Raumes, aus dem Richter und Gefängnisdirektor herausgekrochen waren. Auf dem Boden lagen zwei Pistolen. Es konnte eine Falle sein. „Die Hände an die Wand und einen Schritt zurücktreten", befahl er, nachdem die beiden Männer aufgestanden waren.

„Ich gebe dir Deckung", sagte René.

Maik durchsuchte den Richter. Er trug keine Waffe bei sich.

Ranko Illic war starr vor Angst. Er war überzeugt, dass sein letztes Stündchen geschlagen hatte. Umso überraschter war er, als

Maik sagte: „Dich trifft keine Schuld. Du wurdest zu diesem Urteil gezwungen. Du bist frei. Geh zu deiner Familie. Erzähle allen von dieser Hölle."

„Frei?", stammelte der Richter ungläubig.

„Ja, auf was wartest du noch? Geh, bevor ich meine Meinung ändere."

Ranko Illic rannte in Richtung Ausgang. Unterwegs stolperte er über seine eigenen Füße, stürzte hin, sprang auf und verschwand in dem Gang, der vom Gerichtsgebäude zum Gefängnis führte.

„Der hat es wirklich eilig", bemerkte René trocken.

Maik begann, den Gefängnisdirektor zu durchsuchen. Wie erwartet, fand er in dessen Hosenbund eine Pistole. Er griff danach und steckte sie ein, auch das Springmesser, das Vito in einer Halterung am rechten Bein trug.

„Und nun du großer reicher Chef", sagte er, „jetzt geht es ab zu deinem Gefängnisfriedhof."

„Bitte nicht, Maik. Ich kann dir alles bieten, was du dir wünschst", flehte Vito Zlatar. „Wir beide ..."

„Wir haben nichts gemeinsam", fiel ihm Maik ins Wort und stieß ihm den Lauf seines Maschinengewehrs in den Rücken. „Vorwärts!"

„Beeil dich!", schrie René.

Die Versuchung, den Gefängnisdirektor einfach niederzuschießen, war groß. Der Ausgang des Gerichtsgebäudes lag nur noch knapp zwei Meter entfernt, doch Maik widerstand. Er stieß Vito Zlatar durch die Tür, die in den Gang zwischen den Gebäuden führte. Der Richter hatte sie bei seiner eiligen Flucht offengelassen.

Als sie das Loch erreicht hatten, in das die Toten einfach geworfen wurden, befahl Maik dem Direktor, es zu öffnen. Da dieser trotz allem hoffte, verschont zu werden, kam er diesem Befehl nach und schob die Betonplatte etwa einen Meter nach hinten.

„Spring rein!", befahl Maik kalt.

Vito Zlatar musste einsehen, dass es kein Entkommen für ihn gab. Er versuchte, auf Maik loszugehen. Maik gab mehrere Schüsse auf ihn ab. Mit einem Aufschrei stürzte der Mann in das

Loch hinunter. Ohne einen Blick in die Tiefe zu werfen, schob Maik die Platte zurück und rannte in Renés Richtung.

Bevor Maik seinen Freund erreichte, hörte er hinter sich lautes Schreien. Gleich darauf traf ihn ein Schuss. Um sich feuernd drehte er sich automatisch um. Die beiden Polizisten, die aus Richtung des Gefängnisses gekommen waren, stürzten kurz vor dem Grabloch tot zu Boden. Erst als er weiterrannte, bemerkte er, dass sein linker Arm blutete.

Die große Ausgangstür des Gerichtsgebäudes hing schief in den Angeln. Ihr Glaseinsatz lag in Tausenden von Scherben auf dem Boden. Draußen versuchte René, Marco zu entlasten, der eine Handgranate nach der anderen warf. Überall lagen tote oder verletzte Polizisten und Wärter.

„Lauf zu Marco!", rief ihm René zu.

Maik rannte nach allen Seiten schießend zum Wagen und kletterte hinauf. Marco umarmte ihn kurz, bevor er eine neue Handgranate warf.

René kletterte ebenfalls auf den Wagen.

„Ich dachte, ich sehe dich nie wieder, Maik", sagte Marco.

Maik berührte erst Marcos, dann Renés Schulter. „Ich werde es euch nie vergessen, dass ihr mich aus dieser Hölle befreit habt."

„Schon gut", bemerkte René.

Plötzlich sah Maik das Blut, das in die Kartoffelsäcke sickerte. „Du bist ja verletzt, Marco!", stieß er erschrocken hervor. „Wir müssen dich ins Krankenhaus bringen."

„Unsinn, es sieht schlimmer aus, als es ist." Marco zielte auf einen Polizisten, der sich dem Wagen näherte. „Helden wie uns bringt nichts so schnell um." Seine Stimme klang ziemlich schwach, so als hätte er Mühe, noch lange durchzuhalten. „Jeder Schuss muss treffen. Wir haben kaum noch Munition."

Maik und René nickten.

„Im Übrigen seid ihr auch verletzt."

„Nur Streifschüsse", meinten René und Maik wie aus einem Munde.

Vier Polizisten schlichen sich von hinten an den Wagen heran. René bemerkte sie zuerst. Er zielte sofort mit seinem Maschinengewehr auf die Männer, doch sein Gewehr hatte eine Ladehemmung. Ohne nachzudenken, nahm er das Gewehr mit dem Kolben nach vorne und sprang wie ein Tiger auf die Angreifer. Noch im Sprung traf er zwei mit dem Gewehr. Sie fielen um. Die anderen beiden kamen nicht mehr dazu, ihn anzugreifen, weil der Gewehrkolben sie genauso heftig traf.

Es ging alles so schnell, dass Maik keine Gelegenheit hatte, zum Einsatz zu kommen. René kletterte bereits wieder auf den Wagen und löste aus seinem Gewehr die stecken gebliebene Patrone.

27.

Rade saß noch immer im Krankenwagen auf dem Parkplatz. Seine Unruhe wuchs von Minute zu Minute. Aus der Ferne hörte er Gewehrsalven und die Explosionen von Handgranaten. Alles drängte ihn danach, an den Ort des Geschehens zu fahren und Marco zu helfen, aber er hatte ihm versprochen, hier abzuwarten und bereit zu sein, wenn sie den Krankenwagen zur Flucht brauchten.

Plötzlich fuhr auf der Straße ein großer Einsatzbus voller Polizisten an ihm vorbei. Rade erschrak zutiefst. Meine Freunde werden sterben, dachte er entsetzt. Sein Blick fiel auf die Munition, die vor dem Beifahrersitz auf dem Boden lag. Er griff nach zwei Granaten und legte sie neben seine Pistole auf den Sitz.

Marco hatte ihn zwar angewiesen zu warten, doch er konnte nicht länger warten. Entschlossen schaltete er das Martinshorn ein und gab Gas.

28.

Marco wurde schwarz vor Augen. Er wollte noch etwas sagen, kam jedoch nicht mehr dazu. Sein Kopf fiel zur Seite, sein Herz hörte auf zu schlagen.

Betroffen schloss ihm Maik die Augen. „Wir haben einen sehr guten Freund verloren", sagte er niedergeschlagen.

René antwortete ihm nicht. Er nahm eine Decke und breitete sie über den ehemaligen Polizeichef. Bedauernd berührte er dabei dessen Gesicht.

Dem Wagen näherten sich zwei Gruppen von Polizisten. Wütend und voller Schmerz stieß René hervor: „Du nimmst die linke Gruppe, ich die rechte."

Fast gleichzeitig eröffneten sie das Feuer.

29.

Der Einsatzbus mit den Polizisten hielt in der Nähe des Gefängnisses neben dem Polizeiwagen. „Sieht aus, als würden die Kerle schlafen", meinte der Einsatzleiter und schickte einen seiner Leute zum Wagen. „Die können was erleben."

„Nein, sie schlafen nicht!", rief der Mann zurück, den er zum Wagen geschickt hatte. „Sie sind tot!"

30.

„Ich habe kaum noch Munition", sagte Maik. „Es sind nur noch ein paar Handgranaten da."

„Bei mir sieht es genauso aus", antwortete sein Freund. „Jetzt heißt es, Ruhe zu bewahren und auf ein Wunder zu hoffen."

Ja, Wunder gibt es! Maik dachte an den Zyklon.

31.

Rade sah den Einsatzbus auf dem Parkplatz stehen. Mit Blaulicht und Sirene raste er an ihm vorbei. Kurz darauf erreichte er den Pferdewagen. Er fuhr direkt neben ihn, stieg aus und kletterte zu Maik und René in den Wagen. Sein Blick fiel auf den leblosen Körper unter der Decke. „Marco?", fragte er.

Beide nickten.

Rade atmete tief durch. „Kommt mit in den Krankenwagen. Dort ist genug Munition. „Marco sollten wir mitnehmen."

René gab Rade und Maik Feuerschutz, damit sie sicher mit Marco in den Krankenwagen steigen konnten. Dann folgte er ihnen.

Erleichtert schaute er auf den Berg von Munition, den Rade mitgebracht hatte. Damit konnten sie noch lange durchhalten.

Der Einsatzbus der Polizei hielt vor dem Gerichtsgebäude. Die Polizisten stürmten aus dem Bus und näherten sich in kleinen Gruppen dem Krankenwagen. Noch aus der Ferne begannen sie zu schießen.

„Feuerfrei!", schrie René.

Alle drei schossen zur gleichen Zeit.

„Da kommen noch zwei Polizeiwagen!", rief Rade. „Ich glaube nicht, dass wir hier lebend herauskommen."

Maik und René reagierten nicht auf seine Worte. Sie schossen unbeirrt weiter.

Ein Polizist nach dem anderen fiel auf die Erde, so wie Äpfel, die vom Baum geschüttelt werden. Trotzdem schien die Lage der drei Helden aussichtslos zu sein.

Doch die Situation änderte sich von einer Sekunde zur anderen. Ein lautes Gebrüll lag in der Luft, so als ob eine Löwenherde freigelassen worden wäre. Von allen Seiten stürmten Bauern und Knechte herbei. Manche in Pferdewagen oder zu Pferd, viele zu Fuß. Sie waren mit Jagdgewehren, Äxten und Pistolen bewaffnet. Andere hielten Mistgabeln wie Speere in ihren Händen. Die jahrelange Unterdrückung durch die Zlatar-Brüder und deren Helfer sollte ein für alle Mal ein Ende haben, dafür waren sie bereit, jedes Opfer zu bringen.

Die Flut der Bauern ergoss sich über die Polizisten wie eine unendliche Welle. Sie stürmten weiter auf die Polizisten ein, obwohl schon ein Großteil von ihnen tot oder verletzt am Boden lag.

Die Polizisten gerieten in Panik. Einige von ihnen wollten fliehen, doch es gab keine Möglichkeit dazu.

Auf dem Dach des Gefängnisses landete ein Hubschrauber. Maik sah drei Zlatar-Brüder eilig in ihn einsteigen. Jeder von ihnen trug eine große Tasche bei sich.

„Da sind die Mafiabrüder!" Maik richtete sein Maschinengewehr in Richtung des Hubschraubers.

„Und wo ist der Vierte?", fragte Rade.

„Einer liegt bereits im Friedhofsloch", sagte Maik. „Ich musste allerdings ein wenig nachhelfen."

Der Hubschrauber hob ab. Maik René und Rade eröffneten sofort das Feuer auf ihn. Getroffen drehte er sich mehrmals im Kreis, bevor er auf das Dach des Gefängnisses stürzte. Es gab eine gewaltige Explosion, die in einem riesigen Feuerball endete.

32.

Ranko Illic hatte den Weg zu seinem Haus rennend zurückgelegt. Seine Frau hatte ihn vom Küchenfenster aus gesehen. Sie öffnete ihm die Haustür. Der Richter umklammerte ihre Hand. „Schnell, schnell unter die Betten, Emina!"

Sie sah ihn bestürzt an. „Was ist denn los, Ranko? Bist du verrückt geworden?"

„Draußen ist Krieg, richtiger Krieg!", schrie er.

„Von was für einem Krieg redest du?" Sie eilte in die Küche und kam mit einem Glas Wasser zurück. „Trink erst mal was", bat sie und drückte seine Hand.

Ranko wurde ein wenig ruhiger. Mit vielen Unterbrechungen berichtete er ihr, was im Gerichtssaal geschehen war. Sie sah ihn entsetzt an. Ihr Mund öffnete sich wie zu einem Schrei.

„Den Häftling Maik, du weißt, von wem ich spreche, musste ich auf Befehl des Gefängnisdirektors zu fünfzehn Jahren Haft verurteilen. Als der Aufstand im Saal begann, verschwanden Vito Zlatar und ich in einem Nebenraum. Später trafen wir mit Maik und einem Mann, den ich nicht kenne, im Korridor zusammen. Maik richtete sein Maschinengewehr auf mich, ließ mich jedoch frei und sagte, ich solle verschwinden. Was mit dem Gefängnisdirektor geschehen ist, weiß ich nicht." Er stieß heftig den Atem aus. „Maik befahl mir, draußen allen zu erzählen, wie viel Leid man in diesem Gefängnis den zumeist unschuldigen Gefangenen zufügt."

„Gott sei Dank, du lebst", meinte Emina. „Sagte ich dir nicht, irgendwann gehören die

Mafiabrüder der Vergangenheit an? Ich nehme an, nun ist dieser Tag gekommen. Ab heute fängt ein anderes Leben an.“ Sie küsste ihn auf die Wange. „Leg dich etwas hin. Glaub mir, es wird alles gut.“

33.

Drago arbeitete wie jeden Tag im Steinbruch. Er und seine Kollegen hörten seit über einer Stunde Schüsse und den Lärm von Explosionen. Plötzlich sah er, wie über dem Gefängnisdach ein Hubschrauber abstürzte, explodierte und in einem Flammenmeer versank. Schon seit geraumer Zeit waren weit und breit weder Wärter, noch Polizisten zu sehen. Ob das alles mit Maik zusammenhing? Immerhin war die Verhandlung seines Freundes für den heutigen Tag angesetzt.

Ja, es konnte nicht anders sein!“

„Brüder, das Gefängnis brennt!“, schrie er. „Das ist unsere Chance auf Freiheit. Unser Kampf beginnt in dieser Minute!“

„Unser Kampf beginnt!", wiederholten die anderen Gefangenen. Sie warfen die Körbe zu Boden. Jeder ergriff mehrere Steine. Einige nahmen die Steinhämmer mit, als sie zu dem Platz rannten, auf dem der Bus stand. Sie drängten sich durch die Tür. Einer der Gefangenen schloss den Bus kurz. Gleich darauf befanden sie sich auf dem Rückweg zum Gefängnis.

34.

René, Maik und Rade schossen nur noch selten, weil Bauern und Polizisten nun Mann gegen Mann kämpften und sie befürchteten, versehentlich einen der Bauern zu erschießen.

Einige der Polizisten streckten die Hände nach oben. Dann ergaben sich immer mehr von ihnen.

Drei weitere Pferdewagen erschienen. Rade wies René und Maik daraufhin hin, dass die Bauern, die auf ihnen saßen, auch zu ihnen gehörten. Männern mit großen Benzinkanistern stiegen von den Wagen. Sie verschwanden im

Gerichtsgebäude, dem Gefängnis und der danebenliegenden Villa. Sie hatten kaum die Gebäude wieder verlassen, als diese auch schon in Flammen aufgingen.

35.

Der Bus mit den Gefangenen hielt einige Meter vom brennenden Gerichtsgebäude entfernt. Drago wollte seinen Augen kaum trauen. Die Männer drängten ins Freie, um gleich darauf mit den Steinen und Hämmern auf die restlichen Polizisten loszugehen, die nach wie vor mit erhobenen Händen dastanden.

Maik sprang vom Wagen und gab mehrere kurze Salven aus seinem Maschinengewehr ab. Die Häftlinge hielten inne. „Der Krieg ist aus!", rief Maik. „Wir haben gewonnen!"

René und Rade kletterten ebenfalls aus dem Wagen. Sie stellten sich neben Maik.

Drago rannte zu ihnen. Im Laufen rief er mehrmals Maiks Namen. Er konnte es kaum fassen, seinen Freund lebend wiederzusehen. Stürmisch umarmte er erst Maik, dann Rade und

René. „Wie soll ich euch nur danken?", fragte er. „Ich bin frei! Frei!"

Maik klopfte ihm auf die Schulter. „Manchmal werden Träume wahr, Drago", sagte er.

Aus der Gruppe der Häftlinge, die im Steinbruch gearbeitet hatten, löste sich ein Mann. Es war derselbe, der Drago auf dem Gefängnishof angegriffen hatte. „Du hast uns keine Befehle zu erteilen!", stieß er wütend hervor. „Wir bestimmen, wann der Krieg vorbei ist."

Maik hatte große Lust ihn zu packen und durchzuschütteln, aber auch dieser Mann hatte sehr gelitten. Er gab ihm einen sanften Stoß mit dem Lauf des Maschinengewehrs und sagte: „Geh heim, du bist frei."

Rade verlieh Maiks Worten Nachdruck, indem er ein paar Schüsse auf den Boden vor dem Häftling abgab. Dieser sprang erschrocken in die Luft. „Ja, der Krieg ist vorbei", beeilte er sich zu sagen und verschwand.

Unter den befreiten Gefangenen befanden sich Söhne und Verwandten der Bauern, die sich so heldenhaft in den Kampf gestürzt hatten. Sie weinten und umarmten sich. Endlich hatten sie sich nach all den Jahren wiedergefunden. Aber in all die Freude mischte sich auch die Trauer um die Toten. Alle beschlossen nie zu vergessen, dass sie auch ihnen ihre Freiheit zu verdanken hatten.

36.

Maik, René, Rade und Drago stiegen in den Krankenwagen und machten sich auf den Rückweg. „Ich wünschte, Marco wäre noch bei uns", bemerkte Maik und blickte auf den Toten.

„Ja, das wünschte ich mir auch", erwiderte René.

„Mit Marco haben wir einen guten Freund verloren", meinte Rade zu Drago. „Schade, dass du ihn nicht kennenlernen durftest."

Ihnen kamen viele Krankenwagen mit Blaulicht und Sirenen entgegen. Sie fuhren alle in Richtung des Gefängnisses.

Schon bald hatten sie das Haus von Marco Zbaric erreicht. Dort kam ihnen erwartungsfroh der Schäferhund entgegen. Als Marco nicht mit den anderen aus dem Wagen stieg, heulte er auf, trottete zur Terrasse, legte sich hin und vergrub den Kopf in seinen Pfoten.

Rade kniete sich neben ihn. „Ich werde in Zukunft für dich sorgen", versprach und umarmte ihn. Er richtete sich auf und sagte zu Maik und René: „Ich glaube, es ist das Beste, wenn ihr gleich nach Hause fliegt. Drago und ich werden uns um Marcos Beerdigung kümmern."

„Ja, je eher wir über der Grenze sind, umso besser wird es sein", stimmte ihm René zu."

„Marco war überall beliebt. Macht euch keine Sorgen. Es wird für ihn eine sehr würdige Beerdigung geben", versprach Rade.

„Vielleicht können wir irgendwann einmal sein Grab besuchen." Maik wandte sich an Drago: „Wir bringen dich noch in die Nähe deines Dorfes, damit du schnell bei deiner Mutter bist. Wenn sie die anderen Heimkehrer sieht und du nicht dabei bist, glaubt sie womöglich, du seist nicht mehr am Leben."

„Das ist eine gute Idee", erwiderte Drago. „Rade, wenn ich bei meiner Mutter gewesen bin, komme ich zurück und wir besprechen alles Weitere."

„So machen wir es." Rade ging mit René und Maik zum Krankenwagen, um ihnen zu helfen, Marco ins Haus zu tragen.

37.

Die Bauern kehrten mit ihren Toten nach Hause zurück. Um die Verletzten kümmerten sich die Ärzte, die mit den Krankenwagen gekommen waren. Auch die Häftlinge machten sich auf den Weg zu ihren Familien. Einige von ihnen waren so erschöpft und krank, dass sie kaum einen Schritt vor den anderen setzen konnten.

Die Leute in den Dörfern standen vor ihren Häusern, als die Bauern mit den Toten vorbeifuhren. Keiner sprach ein Wort, viele weinten. Ihr Schluchzen, das Klappern der Hufeisen und das Poltern der Pferdewagen waren die einzigen Geräusche, die die Stille durchbrachen.

Die letzte kleine Gruppe der Häftlinge schlurfte an den Häusern vorbei. Noch immer standen die Leute an der Straße, hofften einen Verwandten zu sehen. Viele von ihnen wurden enttäuscht. Ihre stummen Gebete hatten sich im Nichts aufgelöst. Und dennoch blieben sie stehen, hofften auf ein Wunder.

Unter den verzweifelten, traurigen Leuten stand auch eine über achtzigjährige Frau, die sich schwer auf ihren Stock stützte. Sie wartete mit Tränen in den Augen auf ihren Sohn Drago. Immer wieder fragte sie die vorbeikommenden Häftlinge nach ihrem Sohn. Sie antworteten ihr nicht, weil sie wie in Trance der Straße folgten.

Und dann kam niemand mehr. Sie wartete noch eine Weile, bevor sie sich umdrehte, um in ihr Haus zu gehen. Plötzlich hörte sie, wie jemand von Weitem ‚Mutter! Mutter' rief. Sie erkannte sofort die Stimme ihres Sohnes. Langsam drehte sie sich um.

Drago rannte auf sie zu. Die Wiedersehensfreude verlieh ihm die nötige Kraft.

Die alte Frau humpelte ihm entgegen, aber noch, bevor sie ihn erreicht hatte, stürzte sie zu Boden.

„Mutter!" Drago hob seine Mutter auf.

Sie umarmte ihn. „Wie sehr habe ich darauf gehofft, dich vor meinem Tod noch einmal zu sehen", stammelte sie. Zärtlich berührte sie sein tränennasses Gesicht.

„Jetzt wird alles gut, Mutter", versprach Drago, obwohl er bemerkte, wie mühsam sie atmete. „Soll ich dich zum Arzt bringen?"

„Nein, nein, mein Sohn, bring mich bitte in mein Bett", flüsterte sie kraftlos und kaum noch ihrer Stimme mächtig.

Drago trug sie ins Haus und legte sie dort aufs Bett. Er setzte sich zu ihr, nahm ihre Hände.

„Mein größter und einziger Wunsch war, dich noch einmal zu sehen und zu umarmen." Sie löste ihre Hände aus seinen und wollte ihn erneut umarmen, doch sie schaffte es nicht mehr.

Drago zog seine Mutter zu sich in die Arme, drücke sie an sich und bedeckte ihr Gesicht mit Küssen. Seine Mutter war tot, er konnte sie nur noch in seinem Herzen bei sich tragen.

38.

René und Maik fuhren im Krankenwagen mit Blaulicht in Richtung Grenze. Sie sprachen während der Fahrt kaum ein Wort, weil jeder von ihnen mit seinen eigenen Gedanken beschäftigt war.

Auf allen Sendern brachten die Nachrichten Meldungen über die Schlacht vor einem der berüchtigsten Gefängnisse. Auch im Fernsehen wurde darüber berichtet. Noch wusste man nichts Genaueres, weil die Aussagen darüber sehr widersprüchlich waren. Vermutlich würde es Tage dauern, bis die Behörden Licht in das Dunkel bringen konnten.

Als Maik und René die Grenze erreichten, waren die Beamten gerade damit beschäftigt, die neuesten Meldungen zu hören. Sie winkten den Krankenwagen einfach durch.

Die beiden Helden fuhren noch etwa hundert Kilometer weiter, bevor sie in einen Parkplatz einbogen, um sich auszuruhen.

„Gott sei Dank, wir sind endlich in Sicherheit", meinte René. „Bis zuletzt habe ich noch befürchtet, dass man uns aufhalten wird."

„Wir haben wirklich Glück gehabt, dass alles so gut gelaufen ist." Maik umarmte den Freund. „Ich werde bis ans Ende meines Lebens in deiner Schuld stehen."

„Sind Freunde nicht dazu da, um einander in der Not beizustehen?", fragte René. Er schraubte das Blaulicht vom Krankenwagen ab und warf es ins Gebüsch.

Maik blickte an den Wagen gelehnt zum Himmel hinauf. So glücklich er über seine Freiheit war, beschäftigte er sich seit Stunden mit einer Frage. Er beschattete die Augen mit der Hand. Der Himmel wirkte wie immer, hatte sich nicht verändert.

„Warum starrst du ständig zum Himmel?", erkundigte sich René, kurz bevor sie weiterfahren wollten.

„Das hat einen guten Grund", erwiderte Maik. „Als ich noch klein war, hat mein Vater oft mit mir gespielt. Er schlich sich von hinten an mich heran und pustete mir in den Nacken. Und ob du es glauben willst oder nicht, auch im Gerichtssaal wurde mir nach dem Zyklon in den Nacken gepustet. Als ich mich umdrehte, stand hinter mir niemand. Für mich ist das alles nicht erklärbar, es sei denn …" Maik hob die Schultern.

„Wer sagt, dass es nicht so ist?", fragte René. „Wie heißt es so schön? Es gibt mehr zwischen Himmel und Erde, als sich unser Geist erklären kann." René schaute nun ebenfalls zum Himmel. „Eigentlich kann es nur dein Vater gewesen sein."

„Ich bin froh, dass du mich nicht auslachst", meinte Maik erleichtert.

René streckte sich. „Okay, mein Freund, ab jetzt fährst du. Ich bin ziemlich müde." Er sah

Maik an. „Mir geht noch etwas im Kopf herum. Sag mal ehrlich, hast du wirklich den Sohn des ehemaligen Richters an der Brücke aufgehängt? Verstehen könnte ich es. Immerhin hat er deinen Vater aus bloßem Mutwillen erschossen."

„Ich habe nur kontrolliert, ob der Strick auch richtig am Hals sitzt", antwortete Maik und zwinkerte ihm zu.

„Ach ja", sagte René lachend. „Ich habe verstanden." Er stieg in den Krankenwagen.

Am Flughafen wurde es für sie Zeit, Abschied zu nehmen. Maik wollte sich erneut bedanken, doch René wehrte ab. „Schon gut, wir sind doch Freunde. Und Freunde stehen einander bei."

„Alles klar, René." Maik legte ihm die Hand auf die Schulter. „Einen guten Flug."

René ging in Richtung Eingang. Kurz bevor er das Flughafengebäude betrat, drehte er sich um. Er winkte Maik zu und rief: „Wir telefonieren!"

Maik blickte ihm noch einige Minuten nach. Auf dem Weg zum Krankenwagen dachte er:

René ist wirklich ein sehr guter Freund und dazu noch ein Held!

39.

Mira stand mit einem vollen Wäschekorb im Garten. Sie hatte gerade das letzte Stück von der Leine genommen, als sie Maik sah. Zuerst wollte sie ihren Augen nicht trauen, weil sie befürchtete, einem Trugbild zu erliegen, dann sah sie, dass es sich bei dem Mann, der auf sie zurannte, tatsächlich um Maik handelte. Sie ließ den Wäschekorb einfach fallen. „Tim!", rief sie. „Tim, Papa ist wieder da!" Im nächsten Moment warf sie sich schon in Maiks Arme.

„Endlich bin ich bei dir!" Maik umarmte sie so fest, als wollte er seine Frau nie wieder loslassen.

„Wie habe ich diesen Augenblick herbeigesehnt", sagte Mira und schmiegte ihren Kopf an seine Schulter.

Tim kam aus dem Haus. Strahlend vor Glück rannte er auf Maik zu und umarmte ihn. „Ich habe so auf dich gewartet, Papa“, gestand er. „Wo warst du denn solange?“

„Gönnen wir dem Papa erst etwas Ruhe“, schlug Mira vor. Sie berührte zärtlich Maiks Wange. „Gott sei Dank bist du lebendig und in einem Stück zu uns zurückgekommen.“

„Wieso lebendig?“, fragte Tim misstrauisch.

„Es regnete ununterbrochen. Die Flüsse waren alle über die Ufer getreten. Die Straßen waren überflutet und es war unmöglich, mit dem Auto zu fahren. Alle, die dort waren, mussten warten, bis das Wasser abgelaufen war, bevor sie wieder nach Hause konnten.“

„So war das“, meinte Tim. Er umarmte seinen Vater erneut. „Zum Glück ist jetzt alles wieder gut.“

Gemeinsam gingen sie ins Haus. Mira wollte ihrem Mann etwas zu essen machen, doch Maik hatte keinen Hunger. Er wollte nur in sein Bett und endlich ausschlafen. „Wir reden morgen über alles“, versprach er auf dem Weg ins Schlafzimmer. „Eines kann ich dir schon sagen. Ohne Marco, René und Rade wäre ich nicht in

Freiheit." Er sah sie liebevoll an. „Es war sehr klug von dir, René zu informieren."

„Du hast eben eine kluge Frau", scherzte sie glücklich.

Am nächsten Morgen ging Tim wie jeden Tag zur Schule. Zuvor hatte er noch nach seinem Vater gesehen, aber der schlief noch. Tim konnte das gut verstehen. Es war bestimmt nicht einfach, vom Wasser eingeschlossen zu sein. Immerhin hatte er schon Überschwemmungen im Fernsehen gesehen und wusste, wie schwer es war, in so einem Chaos zu überleben.

Am späten Vormittag stand Maik auf. Er war gerade dabei sich zu rasieren, als Mira nach ihm rief. Ihre Stimme klang irgendwie seltsam. Er rannte in die Küche hinunter, wo der Fernseher lief.

Mira, die für ihn Frühstück gemacht hatte, wies zum Fernseher, wo in den Nachrichten gerade von einem Gefängnisaufstand in Bosnien berichtet wurde. „Warst du in diesem Gefängnis?“, fragte sie entsetzt.

„Ja“, sagte er und stellte den Apparat lauter.

„Um Gottes willen!“ Mira musste sich setzen.

Im Fernsehen wurden die brennenden Gebäude, die vielen Toten, die Verletzten, Militärfahrzeuge und Krankenwagen gezeigt. Es sah aus, wie auf einem Schlachtfeld.

„Es sieht nicht nur so aus. Es war eine Schlacht“, sagte Maik und erinnerte sich, wie sie auf den Kartoffelsäcken gelegen hatten und von allen Seiten angegriffen worden waren. Er konnte es kaum fassen, dass er mit dem Leben davongekommen war.

40.

René war im Flugzeug vor Erschöpfung eingeschlafen. Er hatte sehr unruhige Träume. Plötzlich spürte er ein leichtes Rütteln an seiner Schulter. Er zuckte zusammen und schreckte auf. Langsam öffnete er die Augen.

Vor ihm stand eine hübsche Flugbegleiterin. „Haben Sie etwas Schlechtes geträumt?", fragte sie besorgt. „Ist mit Ihnen alles in Ordnung?"

„Ja, es ist alles in Ordnung", erwiderte René, ohne den Blick von ihr zu lassen. „Habe ich zu laut geschnarcht?"

„Nein, Sie haben laut gerufen ‚Feuer frei!'", sagte die Stewardess. „Die anderen Fluggäste waren dadurch beunruhigt. Nun sind Sie ja wieder wach."

„Was man so alles träumt", meinte er lächelnd.

„Fliegen Sie in den Urlaub oder nach Hause?"

„Ich war im Urlaub", antwortete er.

„Und war es ein schöner Urlaub? Haben Sie sich gut erholt?"

„Oh ja, es war ein bombiger Urlaub", erwiderte er.

„Wie schön", meinte sie und ging zu einem Passagier, der nach ihr verlangte.

René schaute ihr nach und dachte: Was für eine tolle Frau!

Beim Verlassen des Flugzeugs gab ihm die Stewardess ihre Visitenkarte.

René blickte auf die Karte. „Ich werde mich hundertprozentig melden", versprach er und stieg die Gangway hinunter.

41.

„Hast du vergessen, was du mir versprochen hast, Mama?", fragte Tim und sah sie erwartungsvoll an.

„Nein, das habe ich nicht", sagte Mira. „Wenn Papa zurück ist, bekommst du das beste Fahrrad, das es gibt."

„Genau!" Tim nickte.

Maik lachte. „So etwas vergisst du natürlich nicht, Tim", meinte er. „Komm, wir gehen gleich das Fahrrad kaufen." Er stand aus dem Sessel auf, in dem er es sich gemütlich gemacht hatte. Irgendwie konnte er es immer noch nicht glauben, wieder sein eigener Herr zu sein.

Auf dem Weg zum Fahrradgeschäft erzählte Tim von seinem neuen Freund. „Er ist der Vater von meinem Schulfreund Amir."

„Und wie heißt er?"

„Fady! Amir und ich spielen zusammen Fußball. Fady hat mir oft Geschenke mitgebracht, wenn er Amir vom Fußballplatz abgeholt hat. Und hat er oft nach dir gefragt. Er wollte wissen, ob du schon wieder zu Hause bist."

„Scheint ein wirklich netter Mann zu sein", sagte Maik.

„Ja, das ist er." Tim nickte. „Ich muss dir noch etwas sagen, Papa, aber du darfst nicht schimpfen."

„Was liegt dir denn auf der Seele, Tim?", fragte Maik.

„Ich habe mich mit drei Jungs geprügelt. Sie kamen auf den Fußballplatz, als ich mit meinen Freunden dort spielte. Wir erlaubten ihnen mitzuspielen und dann gab es Streit zwischen ihnen und mir. Sie wollten nämlich nach neuen Regeln spielen und wir nicht. Sie gingen alle auf mich los, um mich zu schlagen." Er grinste. „Ich war stärker als sie und hatte sie fast besiegt."

„Und dann?"

Plötzlich rannte ein großer und starker Kerl auf mich zu. Er war der Bruder des einen. Er warf mich zu Boden und hielt mich so fest, dass ich kaum noch Luft bekam. ‚Kommt, ihr könnt in verprügeln!', schrie er. Die anderen wollten sich gerade auf mich stürzen, als plötzlich Fady auftauchte. Er riss den Kerl von mir herunter und gab ihm so eine heftige Ohrfeige, dass der zu taumeln anfing und fast ungestürzt wäre."

„Da hast du ja wirklich noch einmal Glück gehabt", erwiderte Maik erleichtert.

„‚Tim ist mein Freund', sagte Fady laut. ‚Sollte sich einer von euch noch einmal an ihm vergreifen, bekommt ihr es mit mir zu tun. Ist das klar?' – Der Große meinte kleinlaut: ‚Schon gut'. Alle rannten davon."

„Diesen Fady würde ich gern einmal kennenlernen, Tim."

„Du kennst ihn, Papa. Wir waren einmal zusammen in seinem Optikergeschäft."

„Ach, diesen Fady meint du! Ja, wir kennen uns schon lange." Maik legte den Arm um seinen Sohn. „Warum sollte ich schimpfen, Tim? Wenn drei auf dich losgehen, ist das ganz schön unfair. Dass Fady dir geholfen hat, ist super. Er ist ein guter Mensch."

„Laden wir Fady und seine Familie mal zu uns ein?", fragte Tim.

„Ja, das werden wir auf jeden Fall", versprach Maik und betrat mit seinem Sohn das Fahrradgeschäft.

42.

Dragos Mutter und der ehemalige Polizeichef wurden kurz hintereinander beerdigt. An Marcos Beisetzung nahmen sehr viele Leute aus der nahen und ferneren Umgebung teil. Rade und Drago legten, nachdem die anderen Leute gegangen waren, noch einen besonders schönen Kranz auf Marcos Grab. Es war ein letzter Gruß von Maik, der ihnen dazu aus Deutschland das Geld geschickt hatte.

In den Dörfern der Umgebung fanden ebenfalls Beerdigungen statt. Es gab kaum Familien, die nicht Angehörige durch die Machenschaften der Mafiabrüder und die

Schlacht am Gefängnis verloren hatten. Aber in ihre Trauer mischte sich auch die Genugtuung, dass die Opfer gerächt worden waren.

Mit der Familie des Bürgermeisters, der sich einige Tage nach dem Fall des Gefängnisses erhängte, hatte keiner Mitleid. Er war mit einer Schwester der Zlatar-Brüder verheiratet gewesen und hatte die Brüder bei ihren Machenschaften unterstützt.

In den nächsten Tagen verschwanden nach und nach viele der Leute, die mit den Mafiabrüdern zusammengearbeitet hatten, unter ihnen auch der Staatsanwalt und der Polizeichef. Keiner trauerte ihnen nach.

Langsam begann sich das Leben zu normalisieren. Die Leute begannen aufzuatmen. Zum ersten Mal seit Jahren konnten sie ohne Angst vor der Willkür der Zlatar-Brüder ihrer Arbeit nachgehen.

43.

Maik konnte sich nicht so schnell von den schrecklichen Wochen, die er im Gefängnis verbracht hatte, befreien. Mit den Gedanken weilte er oft im Steinbruch. Nachts schreckte er aus dem Schlaf auf, weil er sich mitten in der Schlacht sah. Und nach wie vor begleitete ihn die Angst, die er ausgestanden hatte, als er befürchtete, seine Familie nie wiederzusehen.

„Du brauchst Zeit, um alles zu verarbeiten, Maik", meinte Mira. „Ich bin an deiner Seite und werde dich, wo ich kann, unterstützen. Du bist ein starker Mann, und wie ich dich kenne, wirst du es schaffen." Liebevoll strich sie ihm durch die Haare.

„Wenn du es sagst, Mira." Er schmiegte sich an sie.

„Tim ist so glücklich, dass du wieder daheim bist. Er hat jeden Tag nach dir gefragt."

„Er ist ein wunderbarer Junge", meinte Maik. „Nur der Gedanke an euch hat mich aufrecht gehalten." Er lachte. „Aber Tim ist nicht nur glücklich, weil ich wieder zu Hause bin, sondern auch über sein neues Fahrrad. Schon beim Verlassen des Ladens hat er über das ganze Gesicht gestrahlt.

„Was kein Wunder ist", meinte Mira. „Keiner seiner Freunde hat so ein tolles Fahrrad. Im Moment ist er unterwegs, um es überall vorzuführen."

44.

Ranko Illic konnte die Ereignisse am Tag von Maiks Verurteilung nicht verkraften. Obwohl seine Frau alles tat, um ihm zu helfen, wurde er von Tag zu Tag seltsamer. Er sprach ständig davon, wie er dem Tod in die Augen gesehen hatte. X-mal am Tag drehte er sich um, so, als würde er befürchten, der Tod würde direkt hinter ihm stehen.

„Die Häftlinge verfolgen mich Tag und Nacht", flüsterte er entsetzt. „All die Männer, die ich gegen meinen Willen zu langjährigen Strafen verurteilen musste, üben nun Rache an mir."

Schließlich blieb Emina Illic nichts anderes übrig, als ihren Mann in die Psychiatrie einweisen zu lassen.

45.

„Papa, heute möchte ich mit dir Fußballspielen gehen“, sagte Tim. „Du bist der Torwart. Ich werde das Elfmeterschießen üben.“

„Einverstanden“, erwiderte Maik und legte den Arm um ihn.

Der erste Elfmeter von Tim war perfekt in der oberen Ecke platziert. Maik konnte ihn nicht halten. Überrascht schaute er sich um, als er jemanden laut in die Hände klatschen hörte. „Bravo, Tim, bravo!“, schalte eine Stimme über den Platz.

Tim drehte sich um. „Fady!“, rief er freudig aus.

Fady begrüßte Maik und Tim sehr herzlich. „Jetzt ist ja wieder alles gut, Tim“, meinte er. „Du hast endlich deinen Papa wieder.“

„Ja!“ Tim sah strahlend zu Maik auf, schnappte seinen Ball und rannte zu Amir, der mit einigen anderen Jungen auf den Fußballplatz gekommen war.

„Tim hat mir erzählt, wie du ihm beigestanden hast, als die Jungen ihn verprügeln wollten“, sagte Maik. „Und er hat mir auch von den

Geschenken erzählt, die du ihm gemacht hast. Danke, dass du für ihn da gewesen bist, als ich es nicht konnte, Fady."

„Ich helfe gern, wenn ich kann", erwiderte Fady. „Warst du geschäftlich so lange unterwegs?"

Maik schüttelte den Kopf. Er überlegte kurz und erzählte dann Fady, was wirklich passiert war. „Ich habe großes Glück gehabt. Die Geschichte hätte auch anders ausgehen können."

„Ja, das kann man wohl sagen", meinte Fady betroffen. „Gott sei Dank, dass dir deine Freunde zur Hilfe geeilt sind und du gesund zu deiner Familie heimkehren konntest."

Maik nickte. „Und wie geht es dir? Ist bei dir und deiner Familie alles in Ordnung?"

„Ja", antwortete Fady, blickte jedoch zu Boden.

Irgendetwas stimmt da nicht, dachte Maik. „Fady, sag mir die Wahrheit", bat er sanft. „Was bedrückt dich?"

„Das ist nicht der richtige Zeitpunkt, um darüber zu sprechen", meinte Fady.

„Komm, sag mir, was los ist!"

„Mein Geschäft läuft sehr gut, was an und für sich sehr erfreulich ist, doch seit einiger Zeit kommen immer drei Männer ins Geschäft, schauen sich um und gehen dann wieder. Manchmal stehen sie auch nur vor dem Laden und unterhalten sich stundenlang. Da macht man sich natürlich Gedanken."

„Das würde ich auch", bemerkte Maik. „Wenn sie noch einmal kommen, rufst du mich an und ich komme sofort zu dir." Er legte die Hand auf Fadys Schulter. „Mach dir keine Sorgen. Wir bringen das in Ordnung."

Maik war kaum zu Hause, als sein Handy läutete. René schickte ihm ein Foto, auf dem er mit einer jungen Frau abgebildet war. Unter dem Foto stand: Meine neue Freundin. Sie ist Stewardess."

„Sie ist sehr hübsch", meinte Mira, als er ihr das Foto zeigte.

„Nicht so hübsch wie du", erklärte Maik galant und schrieb an René: „Ein schönes Paar! Viel Glück."

46.

Die menschlichen Überreste aus dem Friedhofsloch waren auf einem regulären Friedhof unter großer Anteilnahme der Bevölkerung beigesetzt worden. So konnten die Hinterbliebenen von ihren Liebsten Abschied nehmen. Auch einen neuen Bürgermeister hatte man gewählt. Er hatte Rade zum neuen Polizeichef ernannt, was diesen stolz und glücklich machte. Er schwor sich, in die Fußstapfen von Marco Zbaric zu treten, der ein sehr gerechter Mann gewesen war.

Die Ruinen der Gefängnisgebäude sollten als Gedenkstätte erhalten bleiben. Vor ihnen wurde eine große Gedenktafel angebracht mit den Namen all der Männer, die im Gefängnis und bei der Schlacht für Freiheit und Gerechtigkeit ihr Leben verloren hatten.

Zur Einweihung der Gedenkstätte kamen nicht nur Leute aus der Umgebung, sondern aus allen Teilen des Landes. Der neue Bürgermeister hielt eine lange Rede, in der er sich besonders bei Marco Zbaric, René, Maik und Rade bedankte. Er nannte sie mehrmals Helden, denen alle sehr viel zu verdanken hatten.

Seine bewegende Rede beendete er mit den Worten: „Was hinter diesen Mauern geschehen ist, dürfen wir niemals vergessen. All das Leid, dass von den Zlatar-Brüder und ihren Helfern verursacht wurde, soll uns eine Mahnung für die Zukunft sein. Ich verspreche euch, dass ich alles tun werde, damit sich so etwas nie wiederholt."

47.

Maik, Mira und Tim saßen beim Abendessen. Maik hatte sich inzwischen von seinen schrecklichen Erlebnissen in Bosnien erholt. Er genoss das Zusammensein mit seiner Familie.

„Papa, bekomme ich von dir ein Auto, wenn ich achtzehn bin?", fragte Tim plötzlich.

„Ja, natürlich bekommst du ein Auto", versprach Maik.

„Und ich kann es mir selbst aussuchen?"

Maik erinnerte sich an seinen achtzehnten Geburtstag und an das Wunschauto, das er damals von seinen Eltern bekommen hatte." Er sah seinen Sohn vergnügt an. „Ganz bestimmt kommst du das Auto, das du dir wünschst, Tim. Schließlich sollst du glücklich sein."

Zufrieden legte er eine Hand auf Miras. Nun fängt alles von vorne an, dachte er. Das Leben konnte so schön sein! Er nahm sich vor, alles zu tun, damit auf ihr Glück keine Schatten mehr fielen.

E n d e

Lesen Sie auch von Mile Miskovic:

Tanz am Rand des Abgrunds

Der Roman beginnt in den sechziger Jahren des vergangenen Jahrhunderts.
Tom, einem Jungen aus Bosnien, bleibt nur ein Weg, aus der Armut, in der seine Familie gefangen ist, auszubrechen, in dem er die Laufbahn eines Profispielers einschlägt. Das Kartenspiel hatte er bereits als Halbwüchsiger auf einer Brücke seines Dorfes von Berufsspielern erlernt.
Als Tom mit siebzehn sein Dorf verlässt, ahnt er allerdings noch nicht, womit er in Zukunft seinen Lebensunterhalt verdienen wird, doch als er einige Monate später zu seinen Eltern zurückkehrt, kann er ihre Schulden begleichen. Er verspricht ihnen, dass die Armut nun vorbei sei und er ist bestrebt, sein Versprechen einzuhalten.
Nach dem Militärdienst kommt er als Gastarbeiter nach Deutschland. Schon bald geht er eigene Wege, in dem er seinen Lebensunterhalt statt in Fabriken, mit dem Kartenspiel verdient. Einen Großteil des Geldes schickt er zu seiner Familie nach Bosnien.
Tom lernt ein deutsches Mädchen kennen und heiratet es. Nach der Geburt ihres gemeinsamen Sohnes bittet ihn seine Frau, mit dem Kartenspiel aufzuhören, doch Tom kann es nicht. Er ist schon zu tief in der Welt der Profispieler verstrickt. Allerdings gelingt es ihm, seine Frau

und seinen Sohn völlig vor dieser Scheinwelt abzuschirmen.
Tom steigt nach und nach zu einem gefürchteten Profispieler auf, dem es gelingt, innerhalb weniger Stunden den Gegner bis aufs Hemd auszuziehen. Teilweise spielt er mit anderen Spielern zusammen, oft auch völlig allein. In seiner Welt als Spieler nimmt er die verschiedensten Identitäten an. Er lernt verschiedene Kampfsportarten und ist nicht zimperlich, wenn es darum geht, sein Leben vor wütenden Mitspielern zu verteidigen.
Mithilfe zweier Freunde aus Bosnien, die jahrelang nach ihm gesucht haben, und einem weiteren Freund steigt er zum Boss eines Kartenspielerringes auf, der halb Europa beherrscht. Als 'Doktor Poker' ist er in der Unterwelt bekannt.

Die Welt verändert sich. Es gibt von Jahr zu Jahr mehr Spieler und immer weniger Plätze, an denen ein Profispieler seinem Beruf nachgehen kann. Zudem werden die Zeiten gefährlicher. Das Leben eines Profispielers ist nicht viel wert. Tom entkommt mehrmals nur knapp dem Tod und verliert am Schluss sein gesamtes Vermögen. Völlig verarmt fährt er nach dem Tod seiner Frau in einem klapprigen Reisebus in Richtung Bosnien.

Mit dem Mut der Verzweiflung

Oberhalb des Hauses begann der Schnee zu knirschen, als würde eine Ziegenherde über ihn hinweg galoppieren. Wölfe, wohin die alte Frau auch sah, Wölfe! Wie ein Überfallkommando bewegten sie sich auf das Zentrum des Dorfes zu. Die vier großen Hunde, die bereits dort mit einigen Wölfen kämpften, schienen verloren. Keiner der Dorfbewohner wagte sich aus dem Haus, obwohl es um ihr Vieh ging. Doch dann kam Hilfe aus dem Nachbardorf. Angeführt von einem kleinen Dackel stürzten sich Buzzer und seine Kameraden in die Schlacht.

Die Geschichte spielt im letzten Jahrhundert in einem bosnischen Dorf. Die Dorfbewohner gehen alles andere als fürsorglich mit ihren Hunden um. Nur Oma Milka, eine alte Frau, die nahe dem Wald lebt, versorgt neben ihrem eigenen Hund noch drei andere.

Garo und seine Freunde danken es ihr mit zärtlicher Zuneigung. Für ihre Oma Milka würden sie durchs Feuer gehen. Rista, den größten Grundbesitzer des Dorfes, dagegen hassen sie. Er ist besonders grausam zu Hunden und dennoch retten sie ihm das Leben, als er von zwei Wölfen angefallen wird.

Bei 'Mit dem Mut der Verzweiflung' handelt es sich um eine Fantasiegeschichte um Mut, Freundschaft, Liebe und Versöhnung.

Printed in Poland
by Amazon Fulfillment
Poland Sp. z o.o., Wrocław

72993416R00110